I0728258

Born To Be Bad

ÉDITION FRANÇAISE

BLOOD MONEY BILLIONAIRE
TOME TROIS

BLAIR BUTLER

FIRE FINCH

Copyright © 2025 par JT Lawrence
(écrivant sous le nom de Blair Butler)
Tous droits réservés.

Aucune partie de ce livre ne peut être reproduite sous quelque forme
ou par quelque moyen électronique ou mécanique que ce soit, y
compris les systèmes de stockage et de récupération d'informations,
sans l'autorisation écrite de l'auteur, à l'exception de l'utilisation de
brèves citations dans le cadre d'une critique littéraire.

FIRE FINCH PRESS

Born To Be Bad

Né Pour être Mauvais

BLOOD MONEY BILLIONAIRE, TOME 3

CHAPITRE 1
La Balle

ALISTAIR

Je fais signe à Lucky d'enlever la cagoule de l'homme. Il l'arrache, et chaque personne dans la pièce est plongée dans un silence stupéfait.

Non seulement parce que c'est une femme, avec ses cheveux bruns qui tombent sur ses épaules, mais parce que nous la reconnaissons tous, même si cela fait plus de vingt-six ans.

Je n'arrive pas à croire ce que je vois.

Mère chancelle ; j'essaie de ne pas faire de même. La femme démasquée nous regarde avec défi, les lèvres serrées en une fine ligne, ses yeux noisette familiers cherchant les miens.

Ma voix sort étranglée. — Ariana ?

Le sol se dérobe sous mes pieds. Je dois m'agripper au dossier d'une chaise pour rester debout. La seule autre fois où je me souviens avoir été aussi choqué, c'est quand on nous a dit qu'elle était morte.

— C'est impossible, murmure Henderson, blanc comme un linge. Je t'ai vue te faire tirer dessus. Je n'ai pas pu arrêter la balle. Tu es tombée. Une mare de sang.

Ariana plisse les yeux vers lui mais reste silencieuse. Son visage est cireux, sa tête penchée comme si elle ne pouvait plus la tenir droite.

Ivy sort de sa propre stupeur et attrape la trousse de premiers secours. — Ambulance ! crie-t-elle à Christopher, qui trébuche et manque de faire tomber son téléphone. Elle tire la couverture des genoux de ma sœur, révélant une quantité terrifiante de sang s'écoulant de la plaie par balle dans sa cuisse.

— Merde, jure-t-elle. Elle me regarde, les yeux écarquillés. — Ceinture, ordonne-t-elle, faisant signe avec ses doigts. Je tente de briser la lenteur de mon état de choc ; cette sensation d'être sous l'eau. J'enlève ma ceinture aussi vite que mes doigts engourdis me le permettent et la passe à Ivy.

— L'ambulance est en route, annonce Christopher.

— Il y a trop de sang, dit Ivy, en serrant la ceinture aussi fort qu'elle le peut autour de la cuisse d'Ariana. Ariana vacille, mais Ivy la soutient. — Elle saigne trop vite. On ne peut pas attendre l'ambulance. Elle lève à nouveau les yeux vers moi. — Alistair. On ne peut pas attendre. Alistair !

Je cligne des yeux, comme si je me réveillais. Enfin, je

parviens à sortir de ma torpeur et à prendre les choses en main.

— Mère. L'Agusta - est-il alimenté ?

Elle arrache son regard de sa fille prodigue et cligne des yeux vers moi, sans comprendre.

— L'hélicoptère est-il prêt à voler ? je demande.

Elle porte une main à son cœur et hoche la tête.

— Henderson, emmène Ariana jusqu'à l'hélico. Christopher...

— Ne me touche pas, grogne Ariana, mais elle n'a pas la force de résister à Henderson lorsqu'il la soulève du sol et sort de la salle de panique, la portant comme une enfant endormie. La main de Mère se tend comme pour toucher Ariana, désespérée de sentir sa présence physique impossible.

Vingt-six ans.

Des dizaines de questions affluent, mais nous n'avons pas le temps de faire autre chose que sauver Ariana. Il n'est pas question que je la laisse partir à nouveau.

Nous suivons Henderson jusqu'à l'héliport et je prie pour que l'Agusta soit prêt à décoller. Chaque seconde compte.

— Ils vous attendent, dit Christopher. La plateforme 3 est ouverte. Les ambulanciers seront là à votre atterrissage.

Je hoche la tête pour le remercier.

— Je reste avec les autres, dit-il. Mais appelle-moi dès que tu sais quelque chose.

— Je le ferai.

— Je n'arrive pas à y croire, dit Christopher, sa voix au bord de se briser. Je n'arrive pas à croire que c'est Ariana.

Je n'ai pas de mots. Je secoue la tête, montrant que je n'y crois pas non plus. Quand nous arrivons à l'hélicoptère, je grimpe dans la cabine, puis tends la main à Ivy pour l'aider à monter. Ensemble, nous soulevons le corps inerte d'Ariana de Henderson et Christopher, puis Henderson saute dans le siège du pilote et bientôt les pales coupent l'air, et nous décollons de la plateforme. D'habitude, j'adore la sensation d'ascension, mais là, ça me donne la nausée. Je berce Ariana qui, maintenant inconsciente, n'offre aucune résistance.

Ivy vérifie son garrot, qui a aidé à arrêter l'hémorragie, puis la couvre avec la couverture qu'elle a apportée de la salle de panique.

— Ariana, dit doucement Ivy. Ariana, reste avec nous.

Les paupières de ma sœur frémissent, mais restent fermées.

Ivy prend sa main et la serre. — On y est presque. Tu vas t'en sortir. Elle vérifie le pouls d'Ariana et pâlit.

Mon visage me semble pétrifié. Je ne peux montrer aucune émotion. Si je le fais, je perdrai le contrôle. Tout ce qui compte maintenant, c'est d'amener Ariana à ces ambulanciers avant que son corps ne lâche.

Je remercie le ciel qu'Henderson soit si calme sous pression. Il est complètement concentré malgré la panique que nous ressentons tous, et quand l'héliport de l'hôpital apparaît, il atterrit avec sa précision habituelle bien rodée. Alors que le bourdonnement des pales du rotor s'estompe, je peux entendre mon cœur qui bat la chamade. J'actionne le déverrouillage et la porte de la cabine se soulève. Le vent est déchaîné. Les ambulanciers se précipitent vers nous avec leur civière, et je soulève Ariana de mes genoux et la leur passe avant de sauter moi-même. Quand j'aide Ivy à descendre, je la retiens un moment, ses cheveux fouettant l'air tandis qu'elle s'accroche à moi.

CHAPITRE 2
Détruis-moi

IVY

Nous restons cloués sur place sur le toit de l'hôpital privé, malgré le vent violent qui menace de nous faire basculer, nous accrochant l'un à l'autre comme si nos vies en dépendaient. Je sens son amour pour moi dans son étreinte furieuse, je perçois sa peur et son désir. Les médecins attachent Ariana au brancard et nous les suivons hors de la plateforme exposée, dans le calme relatif du bâtiment où un ascenseur les avale. Nous attendons le suivant, puis y entrons et descendons jusqu'à la salle d'attente. Je m'attends à un chaos et à des formalités urgentes, mais l'infirmière nous propose un siège et quelque chose à boire. Je réalise une fois de plus à quel point les riches vivent des vies complètement différentes des simples mortels comme moi — bien que je ne puisse plus vraiment me qualifier ainsi. Je me rappelle aussi que des comptes en banque plus garnis apportent parfois de plus gros problèmes, sinon nous ne serions pas assis ici.

Il est difficile de parler, car que dire à quelqu'un qui vient de voir le sol se dérober sous ses pieds de façon aussi traumatisante ? Chaque pensée qui me vient semble superficielle et insuffisante.

— Je ne sais pas quoi dire, finis-je par lui avouer.

Il me serre la main. — Tu n'as pas besoin de dire quoi que ce soit.

Nous restons silencieux un moment, mais je ne supporte pas ce silence pesant. — Tu dois être tellement... bouleversé.

Alistair déglutit avec difficulté. — Tout ce qui compte maintenant, c'est qu'elle s'en sorte.

— Elle est entre les meilleures mains, je le rassure, tout comme il m'avait rassurée quand l'état de Jamie était devenu critique. Jamie qui se trouve encore dans ce même bâtiment, sédaté et sous respirateur.

Si mon esprit fourmille de questions, je n'ose imaginer ce qu'il ressent. Je ne connaissais même pas l'existence d'Ariana il y a quarante-huit heures, mais lui et sa famille la pleurent depuis presque toute sa vie. Et maintenant, non seulement elle est vivante, mais elle est l'*ennemie*. Elle est entrée chez les Ravenscroft avec l'intention de *les tuer*. Ça n'avait aucun sens.

Je n'embête pas Alistair avec mes questions. Il parlera quand il sera prêt.

— Je suis là pour toi, lui dis-je.

Il arrache son regard du tapis et plonge dans mes

yeux. Il y a tant d'émotions — soulagement, amour, inquiétude, confusion, chagrin — que je suis désespérée de lui enlever sa douleur.

— Dis-moi comment je peux te faire te sentir mieux. J'aurais aimé ne pas avoir à demander, j'aurais aimé le connaître assez bien pour savoir instinctivement ce dont il a besoin en ce moment.

Je m'attends à moitié à ce qu'il se hérisse et marmonne « Rien de ce que tu peux faire ne me fera me sentir mieux ».

Au lieu de cela, il me serre la main plus fort. — Ce serait inapproprié.

— Je me fiche complètement d'être inappropriée, je réponds. Et toi aussi. Dis-moi ce dont tu as besoin.

Il déglutit, sans me quitter des yeux. — J'ai besoin de t'embrasser. J'ai besoin d'être en toi.

Je hoche la tête. — Oui.

D'abord, il ne réagit pas. Il lui faut un moment pour assimiler mes paroles. Sans parler, il se lève et me tire de mon siège. Nous marchons dans le couloir, à la recherche d'une chambre ou d'un placard à balais. Il n'y a ni rire ni plaisir à transgresser un tabou. Il n'y aura pas de joie, seulement du réconfort et une connexion profonde. Alistair a besoin de se sentir ancré.

Nous nous glissons dans une pièce étroite avec un brancard le long du mur. Il n'y a pas de verrou sur la porte, alors Alistair force une fragile chaise de bureau contre la poignée. Ça devra faire l'affaire.

Je m'attends à ce qu'Alistair me projette contre le

mur, déversant sa fureur sur moi. Me détruise. Je l'accueillerai volontiers. Mais il n'y a pas de colère dans ses mouvements, pas de violence. Son toucher est doux quand sa main trouve mes cheveux ; ses lèvres cherchent tendrement les miennes. Nous nous embrassons, longuement et lentement, et je m'ouvre complètement à lui, offrant tout ce que j'ai.

— Je suis à toi, dis-je. Tu peux me faire tout ce que tu veux. Tout.

Alistair grogne en réponse. — Ne le dis pas si tu ne le penses pas.

Je presse mon corps contre le sien, le sentant durcir. — Je le pense.

— Je veux te faire jouir, dit-il.

— Mon plaisir n'a pas d'importance en ce moment, je murmure. D'ailleurs, d'après mon expérience, les orgasmes féminins peuvent prendre du temps — et nous n'avions pas ce luxe.

Sa prise sur moi se resserre. — Ton plaisir est la seule chose qui compte.

— Je me fiche du plaisir en ce moment. Je veux te réconforter, dis-je. Dis-moi quoi faire.

— Je veux que tu ne fasses rien d'autre que de t'abandonner à moi.

— C'est déjà fait, je réponds, plongeant dans ses yeux affamés. Je le suis. Je suis à toi.

Ma peau fourmille de désir. Les doigts d'Alistair trouvent le premier bouton de mon chemisier, puis il perd le peu de patience qui lui reste et l'arrache. Je halète. Il était si doux il y a un instant, et maintenant il redevient mon féroce jaguar noir. Il plonge ses dents dans mon cou, pas assez fort pour briser la peau, mais juste assez pour causer la bonne dose de douleur. Je crie de surprise à cette morsure, et je pense qu'il va couvrir ma bouche, mais il ne le fait pas. Il ne se soucie plus de rien d'autre que de nous et de notre peau brûlante. Il suce mon cou pendant un moment, fort et concentré, me rendant folle, puis descend vers ma poitrine. Alistair tire mon soutien-gorge vers le bas. J'ai peur qu'il ne suce trop fort mes tétons sensibles, mais au lieu de cela, il met autant de mon sein dans sa bouche qu'il le peut, pressant le reste avec ses belles mains puissantes, et c'est intense mais incroyable. Mon clitoris palpite.

Il agit de façon imprévisible, donc je suis un peu anxieuse qu'il me blesse par inadvertance, mais je respire et m'abandonne. Il ne m'a jamais donné de raison de ne pas lui faire confiance en matière de sexe, et j'ai mon mot de sécurité.

— Baise-moi comme tu veux, je murmure. Je ne veux pas jouir. Je veux juste te sentir en moi.

Il grogne à nouveau et pousse son corps contre moi, plus fort et avec moins de précaution. Je halète quand il me fait pivoter pour que je lui tourne le dos et me penche sur le brancard. Il griffe ma culotte, la tirant vers le bas. Tout se passe si vite. Le moment semble échapper à tout contrôle, mais je me laisse aller. Si c'est ce dont Alistair a besoin, je suis partante. Il maintient une main ferme sur mon dos, me gardant écrasée contre le mince matelas. Le désir prend le dessus et je ne suis plus nerveuse.

— Sois aussi brutal que tu veux, dis-je par-dessus mon épaule. Je peux sentir son sexe dur contre mes fesses.

Sa voix est rauque d'émotion. — Je ne veux pas te faire mal.

— Fais ce dont tu as besoin. Je te dirai d'arrêter si je ne peux pas le supporter.

— Tu es trop précieuse pour ça, murmure-t-il. Tu es ma déesse. Tu es l'amour de ma vie.

Je m'attendais à être surprise par Alistair dans cette pièce exiguë, mais je ne m'attendais pas à ces mots. Je veux lui permettre de faire ce dont il a besoin. Je pousse mes fesses douces contre lui, m'offrant à lui comme un animal en chaleur.

— Je ne suis pas ta déesse en ce moment, dis-je. Je suis ta putain.

CHAPITRE 3

Je suis ta putain

ALISTAIR

Je garde le contrôle — à peine — jusqu'à ce qu'Ivy prononce ces mots. *Je suis ta putain.*

C'est toute la permission dont j'ai besoin pour libérer l'ouragan d'émotions qui tourbillonne en moi, me donnant l'impression d'être sur le point d'exploser. La femme que j'aime m'offre un cadeau et je sais que je dois le saisir ou risquer une sorte de crise psychologique. Elle se presse contre moi à nouveau, m'incitant à continuer.

Je fais un geste pour enlever ma ceinture, mais je me souviens alors que nous l'avons utilisée comme garrot de fortune pour Ariana. Mon estomac se serre. Ariana ! Une nouvelle vague d'émotion intense me submerge. Je la repousse. Il n'y a rien que je puisse faire.

Je me précipite pour déboutonner mon jean, le baissant juste assez pour libérer mon sexe impatient. Je jure qu'il est doté d'un détecteur de chaleur spécialement conçu pour Ivy.

Je suis ta putain.

Je ne peux plus attendre. Je m'enfonce en elle et elle halète à nouveau. Je continue à la pousser vers le bas, la faisant se pencher. Si la sensation est trop forte, elle n'en montre rien. Ivy s'ouvre, les hanches relevées tandis qu'elle m'accueille entièrement. L'ajustement est si serré, presque trop, parce que je ne l'ai pas préparée. D'habitude, j'aime prendre mon temps et rendre Ivy aussi gonflée et humide que possible avant de l'approcher avec mon sexe. Mais les choses sont différentes cette fois. Ce n'est pas pour le plaisir, c'est une baise d'urgence. Ivy sait ce dont j'ai besoin.

Je commence à bouger les hanches, ma longueur glissant jusqu'au fond.

Elle halète à nouveau. — Putain, Alistair. Tu es énorme. Tu m'écartes tellement.

Je continue à pousser lentement, espérant qu'elle deviendra assez mouillée pour que je puisse la pilonner comme j'en ai envie. Je tends la main et saisis un sein, titille son mamelon, puis j'écrase son visage et enfonce deux doigts dans sa bouche. Elle gémit et hoche la tête, ouvrant grand la bouche pour moi, m'encourageant à aller plus loin, plus profond. J'ajoute plus de doigts jusqu'à ce que toute ma main jusqu'aux phalanges médianes soit dans sa bouche chaude et soyeuse. Les poussées lentes deviennent plus difficiles à mesure que mon désir augmente, mais elle devient plus glissante, donc je vais bientôt pouvoir accélérer mon rythme. Ivy mord doucement ma main, effleurant la peau de mes jointures avec ses dents parfaites. Je sens mes testicules se contracter, mais je ne veux pas jouir tout de suite. J'ai besoin de posséder Ivy, de pénétrer son existence même.

Je retire ma main et commence à frotter son clitoris. — Putain ! dit-elle, et ses muscles se contractent autour de moi.

Je sens mon orgasme qui monte, mais je le repousse. Pas encore. Pas avant d'avoir obtenu ce dont j'ai besoin.

Je travaille plus vite, frottant ses lèvres, effleurant son clitoris avec ma main à plat tandis que je commence à pousser sérieusement. Elle gémit. C'est un son long, profond et satisfaisant dont je ne me lasserai jamais. Elle me serre et j'oublie où nous sommes. J'oublie tout sauf la sensation de mon sexe gonflé dans sa chatte magique ; je me laisse transporter par le pur plaisir charnel. J'oublie où je suis, qui je suis. La sensation me submerge et je commence à la pilonner, agrippant fermement ses hanches. Ivy gémit à nouveau ; c'est un son plus urgent maintenant, plus aigu, et cela me fait pousser plus profondément. Sa main prend le relais de la mienne, stimulant son clitoris pour se pousser au bord de l'orgasme. Je peux sentir à la façon dont ses muscles palpitent et aux sons qu'elle émet qu'elle est proche. Je ne l'ai jamais vue jouir si rapidement. Elle accélère le rythme de ses caresses, et je prends cela comme un signal pour faire de même. Il y a quelque chose de sauvage en nous. Nous haletions et sifflons tous les deux comme des animaux, ajoutant à l'atmosphère sauvage de ce moment interdit alors que nous approchons tous deux de nos orgasmes. Si proche. Si intense. Si délicieux.

Je couvre la bouche d'Ivy juste à temps pour étouffer son cri, utilisant le levier supplémentaire que cela me procure pour m'enfoncer plus profondément dans ses muscles qui m'agrippent. L'orgasme que je repoussais en serrant les dents explose à travers mon sexe, et tout mon bassin étincelle et tressaille tandis que je me vide en Ivy. Elle jouit encore, se contracte encore, et j'ai l'impression que son sexe veut tout prendre.

CHAPITRE 4
Catastrophique

IVY

— Putain de merde, je halète, tandis qu'Alistair remonte ma culotte et me tourne doucement pour lui faire face.

— Trop fort ? demande-t-il, le front plissé. Il craint de m'avoir fait mal.

Je souris, essayant de me tenir droite même si mes jambes sont comme du coton. Il me prend par le coude pour me stabiliser. — Non, pas trop fort. Juste... intense. Et *incroyable*.

— Je ne veux jamais te faire mal, dit-il en dégageant mes cheveux de mon visage. Jamais.

Je plonge mon regard dans le sien et j'y vois tant d'affection. — As-tu obtenu ce dont tu avais besoin ?

Il approche son visage du mien et m'embrasse longuement et lentement. — Tout et même plus.

Je ne suis pas celle qui avait besoin de guérison, mais

j'ai l'impression d'en avoir reçu aussi. Je me sens à la fois plus ancrée et plus légère.

— Suis-je vraiment l'amour de ta vie ? je demande.

Alistair pouffe et secoue la tête comme s'il n'arrivait pas à croire que je pose la question. — Bien sûr que tu l'es. Je pensais avoir été clair. Il fait un geste autour de la petite pièce. — Je suis juste désolé que tu aies dû l'entendre ici, en premier. Je me rattraperai. Je t'emmènerai quelque part d'extraordinaire.

Mon cœur s'illumine. — Tu sais que tout ça m'importe peu.

— Au sommet d'une montagne, continue-t-il. Ou à la Tour Eiffel. Ou sur une île tropicale.

— D'accord, ça m'intéresse. J'adorerais être au sommet d'une montagne avec toi. Comme sur ces posters de motivation qu'on voit dans les bureaux. Allons-y.

— Seulement si tu me laisses yodler, plaisante-t-il.

Je pouffe de rire.

Nous allons dans nos salles de bain respectives puis nous retrouvons dans la salle d'attente. Alistair a commandé des cafés et des viennoiseries dorées et beurrées, que j'avale avec reconnaissance.

— Tu veux en parler ? je lui demande. Je ne suis pas sûre qu'il soit prêt et je ne veux pas le brusquer. — De Moscou ? Du bébé ? *D'Ariana ?*

Il soupire, pose son café et se gratte la tempe. — Mon Dieu. Je ne sais même pas par où commencer.

— Tu n'es pas obligé de parler, je le rassure. Je t'offre juste une oreille attentive.

— Non, répond-il. Je te dois plus que ça.

Je secoue la tête et pose ma main sur sa cuisse. — Tu ne me dois rien.

Bon, ce n'était peut-être pas tout à fait vrai. Je veux dire, il a ramené *un bébé*. Un putain de *bébé*. *Qu'il a nommé Ravenscroft.* Ça ne me dérangerait pas d'entendre ses réflexions à ce sujet. Mais je pouvais attendre. Pour l'instant, je suis certaine que tout ce à quoi il peut penser, c'est sa sœur prodigue revenue d'entre les morts.

— J'ai raté ma cible à Moscou, dit-il d'une voix basse. Le Baron du Verre était sans doute la plus importante des cibles, et j'ai échoué. Sa famille est morte, mais lui est vivant. Alistair se frotte les tempes. — Comme tu peux l'imaginer, nous sommes maintenant en grand danger.

Bordel. Mon cœur commence à battre la chamade.

— Notre dispositif de sécurité habituel ne sera pas suffisant.

J'avale ma salive. — D'accord.

Évidemment, rien de tout cela n'est « d'accord ».

Je me raffermis. — Et le... le bébé ? Alexander ?

Il reste silencieux un moment.

J'essaie d'apporter un peu d'humour à la conversation. — Tu sais que la plupart des gens rapportent des souvenirs kitsch de leurs voyages. Des aimants pour frigo. Des porte-clés. Des poupées russes. Tu as vraiment fait fort.

Alistair ne sourit pas, et je ne le blâme pas.

Sa voix est si basse que je l'entends à peine. — Je suis responsable de la mort de sa mère.

Mon estomac se noue.

— Je devais le ramener avec moi. C'est le minimum que je pouvais faire. Il grandira sans mère à cause de moi. Tu imagines ?

Je sens les larmes monter à mes yeux, et mes sinus me piquent. Non, je ne pouvais pas imaginer. Mes parents étaient tout mon univers durant mon enfance. Ils nous ont donné tout ce qu'ils pouvaient et plus encore. Jamie et moi avons grandi entourés de leur amour inconditionnel. Je pense à ce bébé aux joues douces que je n'ai vu que quelques instants et mon cœur se brise pour lui.

— Je suppose que le père est le Baron du Verre ?

Alistair acquiesce. Je peux voir la détresse sur son visage et dans son langage corporel. Il semble incapable de lever les yeux du sol. J'aimerais pouvoir le faire se sentir mieux, mais comment surmonter quelque chose comme ça ?

Je lui ai déjà donné mon corps, maintenant je veux qu'il sache qu'il a aussi tout mon cœur.

— Alistair, dis-je, et j'attends qu'il me regarde. Cela semble lui demander un effort considérable pour détacher ses yeux du tapis. Je parle lentement et clairement. — Je suis avec toi dans cette épreuve.

— Tu ne devrais pas avoir à l'être, se lamente-t-il, la douleur faisant briller ses yeux.

— Personne ne me force la main, je lui rappelle. — Je choisis cette vie. Je te choisis, toi. Malgré le danger et les nouveaux développements qui bouleversent complètement nos vies, c'est la vérité. — L'amour n'existe pas dans un vide. Je t'aime tout entier, même les parties désordonnées et chaotiques de ta vie. Les parties sombres et dangereuses que je souhaiterais ne pas exister. Mais elles existent, et je t'aime.

Il ferme les yeux, soupire, et me tire de ma chaise pour m'envelopper dans une étreinte si intense que je peux sentir les émotions qui le traversent.

Nous restons enlacés, nous embrassant et nous réconfortant mutuellement, jusqu'à ce que nous sentions quelqu'un arriver. À en juger par ce qu'elle porte — une tenue élégamment taillée bleu glacier — je devine qu'elle doit être la chirurgienne.

Sa voix est calme et confiante, avec une certaine tendresse. — Monsieur Ravenscroft ?

— Oui ? La voix d'Alistair est épaisse. Ses doigts tremblent, terrifié à l'idée d'avoir perdu sa sœur. Je retiens mon souffle.

— Je suis le Dr Gibbon. L'opération a réussi. Mademoiselle Ravenscroft vient de sortir de la salle de réveil. Nous n'aurions pas pu espérer un meilleur résultat, vraiment, étant donné son état à son arrivée. Le garrot a bien ralenti l'hémorragie artérielle. Il lui a probablement sauvé la vie.

Mes joues s'empourprent. Alistair me serre plus fort contre lui.

— Merci, s'étrangle Alistair. — Pouvons-nous avoir plus de... détails ?

Dr Gibbon sourit et hoche la tête. — Bien sûr. Mademoiselle Ravenscroft a subi une blessure par balle à la cuisse gauche, qui a causé des dommages importants à son artère fémorale. C'est l'artère principale qui alimente la jambe en sang, et l'hémorragie aurait été catastrophique si on l'avait laissée saigner. À son arrivée, elle était en état de choc hypovolémique en raison de la grave perte de sang. Nous lui avons transfusé quatre unités de concentré de globules rouges pour stabiliser ses signes vitaux. Une fois son état stabilisé, nous l'avons emmenée au bloc opératoire pour une réparation vasculaire d'urgence. Nous avons clampé l'artère fémorale en amont et en aval pour contrôler le saignement. Heureusement, la réparation a réussi à rétablir le flux sanguin. Mademoiselle Ravenscroft a bien supporté l'opération, et ses signes vitaux post-opératoires — ainsi que sa perfusion — sont satisfaisants.

Je ne sais pas quoi dire, alors je la remercie, ce qu'Alistair répète. Je peux voir dans son expression qu'il calcule l'importance de la prime à accorder au chirurgien. Le connaissant, elle sera vraiment généreuse.

Elle sourit à nouveau. — Nous la surveillerons de près en soins intensifs chirurgicaux pour détecter toute complication, mais je suis prudemment optimiste quant à son pronostic, sauf problèmes imprévus.

— Pouvons-nous la voir ? demande Alistair. — Si elle est en soins intensifs chirurgicaux ?

— Certainement ! Elle sera encore un peu groggy à

cause de l'anesthésie, mais je suis sûre qu'elle sera ravie de vous voir.

CHAPITRE 5

Des fleurs ou une arme

ALISTAIR

Ivy et moi nous tenons la main en suivant une infirmière de soins intensifs vers l'unité où Ariana se rétablit. Nous savons où c'est puisque Jamie, le frère d'Ivy, s'y trouve, mais le monde semble sens dessus dessous et je ne me suis jamais senti à l'aise dans les hôpitaux, alors je suis reconnaissant d'avoir quelqu'un à suivre sans avoir à réfléchir.

Les hôpitaux me rappellent l'attaque brutale qui nous a enlevé Ariana, parce que nous rendions visite à Henderson pendant qu'il se remettait de la balle qu'il avait prise en essayant de lui sauver la vie. Nous étions noyés dans le désespoir et le chagrin, mais visiter Henderson et lui apporter des cadeaux étaient les rares moments lumineux de ces jours terribles. Il avait perdu son père et une amie précieuse en Ariana, et nous avions perdu notre sœur bien-aimée. Ensemble, nous vacillions et nous pleurions. Nous nous asseyions sur son lit d'hôpital et partagions les chocolats que nous avions apportés, jouions aux cartes et à la Nintendo, regardions les films des années 80 qui ont fait notre enfance — *Les Goonies, E.T., Les Tortues Ninja, Indiana Jones*.

Maintenant, c'est incroyable, mais c'est Ariana qui est à l'hôpital, et ma tête tourne. Ivy me voit ralentir et me serre la main. Je suis tellement reconnaissant de l'avoir à mes côtés. J'ai l'impression qu'elle me soutient. J'espère qu'elle ne le sent pas — je suis son protecteur et je veux qu'elle se sente toujours en sécurité à mes côtés.

L'infirmière de soins intensifs se tourne vers nous avec un sourire encourageant, puis fait glisser la porte de la chambre d'Ariana. J'aurais dû apporter quelque chose, mais je ne sais pas quoi. Des fleurs, ou une arme ? Ariana est ma sœur, mais je ne peux pas ignorer le fait qu'elle a essayé de tuer ma famille. Elle a eu vingt-six ans pour revenir à la maison, pour retrouver son chemin vers nous, mais elle a *choisi de ne pas le faire*. Et quand elle l'a fait, c'était pour nous tuer. Je n'arrive pas à comprendre.

Les machines bippent et ronronnent, surveillant ses signes vitaux. Je peux voir et entendre son cœur battre sur le moniteur. Elle est inclinée à un certain angle, ses longs cheveux étalés sur son oreiller, sa peau blanche comme neige.

Belle. Perdue.

Une ennemie dangereuse.

Une sœur bien-aimée avec du sang Ravenscroft dans les veines.

J'avale difficilement, ne sachant pas à quoi m'attendre.

Ivy et moi échangeons un regard. Elle hoche la tête, lâche ma main et va s'asseoir dans le coin pendant que je prends la chaise à côté du lit. Je suis sur le point de prendre la main d'Ariana, mais je me ravise. Je ne sais pas où j'en suis et je détesterais qu'elle se réveille dans un état de panique parce que ses ennemis sont dans sa chambre. Je suis sûr qu'elle se sent déjà assez vulnérable, étant immobile et en soins intensifs.

En observant son visage, je me rends compte qu'elle ne dort pas. Je ne sais pas si elle fait semblant de dormir parce qu'elle a peur ou parce qu'elle ne veut pas parler.

— Ariana, dis-je doucement. C'est Alistair. Ton frère. Tu te souviens de moi ?

Je vois ses cils frémir. Lentement ses paupières s'ouvrent, et elle me regarde directement. Du coin de l'œil, je vois Ivy bouger dans son coin. Mon regard reste fixé sur Ariana. Je connais si bien ces yeux malgré le temps écoulé sans les voir. Je sens mon amour pour elle monter dans ma poitrine, repoussant ma confusion. Peu importe ce qui s'est passé, peu importe ce que l'avenir nous réserve, c'est *elle*. C'est ma petite sœur, Ariana.

— Je pensais t'avoir perdue, dis-je d'une voix étranglée. Nous pensions tous t'avoir perdue.

Elle me fixe, son expression froide.

— Nous pensions que tu étais morte. Nous avons organisé des funérailles. Nous sommes en deuil depuis.

Je m'attends à ce qu'elle reste silencieuse, mais elle

me prouve bientôt le contraire. — Vous m'avez abandonnée, murmure-t-elle.

— Quoi ? dis-je. Je ne suis pas en colère, juste choqué. Que veux-tu dire ? Comment peux-tu dire ça ?

— Papa avait raison, chuchote-t-elle. Il disait qu'il ne viendrait jamais me chercher, et il avait raison.

— Papa ? je répète, perdu. Nous n'avons jamais appelé nos parents papa ou maman. Jamais. Puis ça me frappe. — Tu veux dire De Luca ?

Elle hoche la tête. Elle a l'air si fragile, si enfantine.

— Donc Angelo De Luca a mis en scène ta mort et ensuite t'a dit que nous ne viendrions jamais te chercher.

— Angelo s'est occupé de moi, il a été plus un père pour moi que Gregory ne l'a jamais été.

— Angelo t'a enlevée, Ariana. Il a peut-être prétendu être un meilleur père, mais les bonnes personnes n'*enlèvent pas les enfants*.

— Il avait raison cependant, dit-elle d'une voix douce. Vous n'êtes jamais venus me chercher.

— Nous ne sommes pas venus te chercher parce que nous pensions que tu étais *morte*, je tonne en retour. Harry t'a vue te faire tirer dessus. Il a failli mourir en essayant de te sauver la vie. Son père est mort en essayant de te protéger.

Ariana tressaille à ces mots. Elle doit se souvenir de cette partie.

Je continue, ma colère grandissant. — Nous avons vu le sang... nous avons trouvé ta robe trempée dans ton sang.

Elle redresse le menton. — Mais il n'y avait pas de corps, n'est-ce pas ?

Je secoue la tête, frustré. — J'avais douze ans ! Nous avions la robe !

— *Père n'a jamais cherché de corps !*

— Ariana, je réponds, essayant de garder mon calme mais échouant lamentablement. Tu sais que dans ce milieu, ne pas trouver de corps ne signifie rien. Nous n'avons jamais trouvé le corps de Henderson père non plus. C'est pour ça que nous avons des nettoyeurs.

Si nous faisons tous notre travail correctement, il n'y a jamais de corps à trouver.

Ses yeux se remplissent de larmes. — Mais c'était moi. Ta *sœur*. Vous auriez sûrement *cherché* ?

— Chercher *où* ? je demande, désespéré qu'elle comprenne que nous aurions fait absolument n'importe quoi pour la retrouver si nous avions cru qu'elle était en vie. — Tu ne vois pas que De Luca t'a manipulée ? Il t'a enlevée et t'a dit que si nous t'aimions, nous viendrions te chercher. Mais il a mis en scène ta mort de façon si convaincante, et nous étions... fous de chagrin. Te perdre a été la pire chose qui nous soit jamais arrivée. Alors, non, nous n'avons pas cherché. Ç'aurait été un signe d'instabilité mentale de chercher une fille morte. Une sœur morte.

Mon esprit revient à un documentaire sur la nature que j'avais vu il y a longtemps, où une guenon vervet portait son bébé mort comme une poupée de chiffon parce qu'elle ne pouvait pas accepter que le bébé n'ait pas survécu.

Je prends une respiration calmante et chasse cette image dérangeante. — Je comprends à quel point ça a dû être douloureux d'attendre que nous venions te chercher chez les De Luca, et que ça n'arrive jamais. Mais ce n'était pas parce que nous ne t'aimions pas. Au contraire, nous étions tous fous de chagrin. Père n'a jamais été le même. C'est une ombre fragile de l'homme que nous connaissions.

Ariana cligne des yeux. Je peux dire qu'elle retourne tout ça dans sa tête.

— Je dois te demander, dis-je. Pourquoi n'es-tu pas venue *nous* chercher ? Je veux dire, quand tu as été un peu plus âgée — tu serais sûrement revenue vers nous, ne serait-ce que pour exprimer ta douleur ?

Vingt-six ans, c'était long pour rester loin de sa famille, quelles que soient les circonstances.

Le regard d'Ariana redevient froid. — Parce que les Ravenscroft sont l'ennemi.

CHAPÍTRE 6
Une maison remplie de Raven

IVY

— Syndrome de Stockholm, je murmure.

Le frère et la sœur me regardent, tous deux semblant stupéfaits de me voir dans la pièce.

— Qui êtes-vous ? demande Ariana. Son ton est surpris, mais pas hostile.

— C'est la femme qui vous a sauvé la vie, répond Alistair.

Ariana cligne des yeux en me regardant. — La chirurgienne ?

— L'autre femme qui vous a sauvé la vie, précise son frère, avec un sourire inattendu. Sans la rapidité d'esprit d'Ivy, vous vous seriez vidée de votre sang. La balle a effleuré votre artère fémorale, ce qui, selon le médecin, est un moyen infaillible de rencontrer son créateur. Mais Ivy a réussi à stopper l'hémorragie suffisamment long-temps pour vous amener ici.

— Merci, dit-elle. Son expression est sincère.

— Remerciez plutôt les exigences en matière de premiers secours de mon studio de yoga, je réponds, essayant de prendre les choses à la légère. C'est la première et unique fois que ça m'a servi.

Maintenant, elle est vraiment perplexe. — Vous êtes... professeure de yoga ?

— Dans ma vie antérieure, je réponds. Pas *tout à fait* aussi prestigieux que chirurgienne vasculaire.

Et pas tout à fait aussi amusant que d'être la protégée d'un milliardaire.

— Pouvez-vous vous approcher ? demande-t-elle. S'il vous plaît ?

J'avance ma chaise au bord du lit pour m'asseoir face à Alistair.

Les yeux scrutateurs d'Ariana sont très beaux. — Vous avez parlé du syndrome de Stockholm ?

Je m'éclaircis la gorge, nerveuse, ne voulant pas faire de gaffe.

— J'en ai entendu parler, poursuit-elle. Mais je ne sais pas exactement ce que c'est.

— Vous n'allez pas aimer, je la préviens.

— Allez-y, répond-elle.

Je prends une inspiration. Je ne veux pas me mettre Ariana à dos. Je frotte mes mains moites sur mes cuisses. — C'est un phénomène psychologique très complexe où les otages développent un lien émotionnel avec leurs ravisseurs. Le nom vient d'un braquage de banque à Stockholm, en Suède, dans les années 70, où les otages ont fini par prendre le parti de leurs ravisseurs et les ont même défendus après avoir été libérés. C'est rare et bizarre, mais ça arrive. Ils me fixent toujours tous les deux, alors je continue, bien que je ne sois pas douée pour les monologues. — Il y a ce qu'on appelle le trauma bonding. La victime commence à éprouver de l'empathie pour ses ravisseurs comme stratégie de survie. Elle peut commencer à voir les petits actes de gentillesse comme recevoir de la nourriture ou ne pas être blessée comme des signes de compassion. Ça se produit dans les camps de prisonniers de guerre. Avec le temps, cette perception déformée s'amplifie et la victime commence à s'identifier, voire à défendre son agresseur.

— De Luca n'était pas un agresseur, insiste Ariana. J'ai grandi entourée d'amour.

Son moniteur cardiaque commence à biper un peu trop rapidement à mon goût. Je me demande si nous devrions appeler quelqu'un.

— Je n'ai absolument aucune autorité ici, je réponds. Je ne peux pas commencer à imaginer ce que vous avez traversé. Je suis ici pour soutenir Alistair — et vous aussi, Ariana, si vous me le permettez.

— Quel est le traitement pour cela ? demande Alistair.

Ariana est agitée. Elle hausse les épaules. — Ce n'est pas pertinent, alors pourquoi demander ?

Je choisis mes mots avec soin. Je pourrai toujours parler franchement plus tard, quand nous ne serons pas dans la même pièce que sa sœur. — Une déprogrammation lente et prudente.

Elle ricane avec dédain. — Comme quand on quitte une secte ?

Je ne souris pas. — Oui. Comme quand on quitte une secte.

— Encore une fois, lance-t-elle sèchement. Ce n'est pas pertinent ici.

On frappe doucement à la porte. L'infirmière passe la tête. Si elle peut sentir la tension dans la pièce, elle n'en montre rien. — Il est temps pour nous de faire quelques tests, dit-elle. Vous pourrez revenir un peu plus tard, si vous voulez.

— Je préférerais que non, dit Ariana. Quand l'infirmière lui jette un regard perplexe, elle ajoute rapidement : Je suis épuisée. J'ai vraiment besoin de dormir.

— Ce n'est pas surprenant, ma chère, répond l'infirmière. Vous avez traversé beaucoup d'épreuves.

Nous laissons Ariana à ses tests et à sa convalescence, retournant péniblement vers la salle d'attente.

— Nous avons besoin du Dr Sandingham, je dis.

— J'ai un temps d'avance sur vous, répond Alistair, déjà en train de composer le numéro.

La salle d'attente, auparavant étrangement silencieuse, bourdonne maintenant de conversations.

— Mes chéris ! s'exclame Isobel, les bras tendus pour nous embrasser. Elle a un petit pansement près de l'œil où l'une des balles l'a frôlée. Gregory et Christopher sont également là, ainsi que Brumilde, le bébé, Henderson et Lucky. Une maison pleine de Raven.

Alistair lève la main en signe de salut mais reste au téléphone. J'accepte avec gratitude l'étreinte d'Isobel.

— La chirurgienne nous a informés, s'exclame-t-elle. Ma chère Ivy, je ne pourrai jamais exprimer à quel point je vous suis reconnaissante. Vraiment.

— Oh, je réponds, les joues en feu. C'est la chirurgienne qui a sauvé la vie d'Ariana. J'ai juste fourni un pansement.

Isobel me saisit les bras, m'éloignant pour me regarder dans les yeux. — C'est des conneries et nous le savons tous.

— Langage, marmonne Christopher.

— Nous étions sous le choc, continue Isobel, et vous avez eu la présence d'esprit et la compétence nécessaires pour arrêter l'hémorragie. Vous avez sauvé la vie de ma fille, et je ne l'oublierai jamais.

Je regarde Henderson, qui est en train de parler à Lucky. Henderson avait couvert mon corps de sien lorsque la fusillade avait commencé, et avait neutralisé l'attaquant qui me tenait en joue. Il m'avait sauvé la vie. Je suppose qu'on pourrait remonter et compter qui a sauvé qui, et les conséquences qui en découlent, et cela ricocherait comme dans un flipper.

Christopher attend son tour, puis m'enveloppe dans une étreinte d'ours. Pour une fois, il ne dit rien, et j'ose dire que nous l'apprécions tous.

— Sandringham est dans le bâtiment, annonce Alistair, rangeant son téléphone. Elle sera là dans cinq minutes.

— Qui est Sandringham ? demande Gregory.

— Une psychologue très respectée, répond Alistair. Elle va aider Ariana.

À la mention de sa fille, la mâchoire du père d'Alistair s'ouvre en grand. Il se détourne de nous et commence à faire les cent pas dans le couloir, visiblement incapable de traiter ce nouveau développement. Mon cœur se serre pour lui. C'est beaucoup à gérer, même pour quelqu'un dont l'état mental est stable.

— Vous lui avez parlé ? demande Christopher. À Ariana ?

Alistair hoche la tête. — Nous ne l'avons pas trop poussée, mais il est clair qu'elle a été endoctrinée par les De Luca. Elle aura besoin d'une thérapie importante pour retrouver son ancien moi — si cela est même possible. Le traumatisme et la manipulation ont commencé si jeune.

— Ces *ordures*, siffle Christopher, frappant sa paume du poing. Ces ordures absolues !

— Ils sont tous morts maintenant, si ça peut vous consoler, répond Alistair d'un ton neutre.

Henderson intervient. — En fait, monsieur, il y a quelqu'un qui n'a pas été retrouvé.

Nous nous taisons tous et le fixons du regard.

— Quoi ? demande Alistair, penchant la tête.

— Nous pensions que les attaquants étaient les deux

enfants De Luca et leurs mercenaires. Il s'avère que l'un des enfants De Luca est resté chez lui.

— Qui ? exige Christopher, le meurtre dans les yeux.

— Nous avons identifié le corps de Daniel De Luca, mais pas celui de Sebastian. L'aîné.

— Ce connard ! chuchote-crie Christopher. Il envoie son petit frère et notre sœur se battre, mais lui reste à la maison !

Alistair soupire et lève la main pour faire taire Chris. — Sebastian sera traité en conséquence. Ce sur quoi nous devons nous concentrer, c'est de remettre Ariana sur pied. Pour le moment, son allégeance va aux De Luca. Dès qu'elle sortira de l'hôpital, c'est chez eux qu'elle ira.

— Non ! s'écrie Isobel. Impossible !

— Mère, commence doucement Alistair. Ariana a eu des décennies pour revenir vers nous. Tout ce temps, elle se trouvait à quelques centaines de kilomètres de nous. *Tout ce temps.*

Isobel secoue la tête. — Je ne peux pas l'accepter. Je ne peux tout simplement pas. Ses bras sont croisés devant elle, et ses yeux sont larmoyants.

— Je vais vous aider avec ça, dit une voix assurée que je reconnais.

Nous nous tournons pour voir le Dr Sandringham. Elle est élégante dans un tailleur gris anthracite, et son visage est ouvert et amical. Nous échangeons des sourires.

— Asseyons-nous et discutons-en, d'accord ?

CHAPITRE 7
L'Asile de Fous

ALISTAIR

Je commande un plateau de fruits, des sandwichs et un café pour chacun, puis nous prenons tous place, prêts à écouter Dr. Sandringham nous expliquer la marche à suivre.

— Je n'ai pas encore consulté Ariana, dit la psychologue, mais d'après ce que M. Ravenscroft me raconte, nous sommes face à un cas très préoccupant d'abus émotionnel, comprenant une manipulation sévère.

— Je n'arrive tout simplement pas à y croire, répond Mère en secouant à nouveau la tête. Je ne peux pas croire que ma fille choisirait de rester loin de moi. De nous.

Sandringham hoche la tête, son expression emplie d'empathie.

— Bien sûr, dit-elle doucement. Bien sûr que vous ressentez cela. Mais vous devez comprendre que ce n'était pas vraiment son choix de rester loin. Ariana a été manipulée à un tel degré qu'elle considérait les De Luca comme sa famille. Elle a été enlevée à un âge tendre, un moment vulnérable où ses croyances fondamentales étaient en plein développement. Très probablement, on lui répétait sans cesse que ses ravisseurs étaient sa famille et que vous étiez l'ennemi. Ce genre de chose ne se produit pas du jour au lendemain. Ils l'ont maintenue prisonnière pendant qu'ils tissaient leurs manipulations. Ils lui auront témoigné de petites gentillesses pour lui faire croire qu'ils étaient bienveillants. Avec le temps, ils ont renforcé cela jusqu'à ce que le cerveau d'Ariana se recâble pour accepter les mensonges et accepter cette nouvelle normalité.

— Ils ont changé son cerveau ? ricane Christopher. Vous ne voulez pas dire ça littéralement.

— Le principe de Hebb, explique la psychologue. Ou, en termes simples, les neurones qui s'activent ensemble se connectent ensemble. C'est ainsi que les voies neuronales se forment et se renforcent par la répétition.

Ivy se repositionne sur son siège.

— Pouvez-vous nous parler d'un cas similaire, pour nous aider à comprendre ?

Sandringham fait une pause pour réfléchir.

— J'en connais environ trois qui me viennent à l'esprit. Steve Stayner, commence-t-elle. Stayner avait sept ans quand il a été kidnappé en 1972. Il a été détenu captif pendant sept ans par Kenneth Parnell. Parnell l'a manipulé pour lui faire croire que ses parents ne voulaient pas le reprendre. Stayner a vécu sous un nom différent et a fréquenté l'école durant cette période. Il a finalement réussi à s'échapper avec un autre garçon enlevé, mais il a manifesté un mélange complexe de loyauté et de confusion concernant sa situation pendant sa captivité.

Mère, les mains jointes, les lèvres posées sur ses pouces, frissonne visiblement. Christopher se rapproche d'elle et pose sa main sur son dos.

— Mary McElroy a été kidnappée par quatre hommes à Kansas City et détenue contre rançon. Pendant sa captivité, elle a développé de la sympathie pour ses ravisseurs et a même témoigné en leur faveur. Durant leur procès, elle a plaidé pour que leurs peines soient réduites et a maintenu un étrange lien de compassion avec eux, même après sa libération. Natasha Kampusch en Autriche a été enlevée à l'âge de dix ans et maintenue captive pendant huit ans. Malgré, ou à cause des sévères abus et de l'isolement qu'elle a endurés, elle a montré des signes d'attachement émotionnel envers son ravisseur. Après s'être échappée, on rapporte qu'elle a allumé une bougie pour lui quand elle a appris son suicide, indiquant une réponse émotionnelle complexe à son épreuve.

— D'accord, lance Christopher. D'accord. On a compris. Qu'est-ce qu'on fait maintenant ?

— J'hésite à utiliser le terme « déprogrammer », dit

Sandringham. Mais c'est essentiellement ce que nous devons faire. Ariana doit désapprendre certaines croyances profondément ancrées. C'est un processus complexe et sensible qui nécessite une approche multidisciplinaire. L'objectif principal est d'aider la victime à retrouver son sens de soi, son autonomie et une compréhension claire de la situation.

— Comment fait-on cela ? je demande.

— Vous avez déjà fait les choses les plus importantes. C'est-à-dire assurer la sécurité de la patiente et lui fournir une attention médicale. La prochaine étape est mon travail : une évaluation psychologique approfondie dans laquelle j'évaluerai l'étendue de l'impact psychologique. Cela comprendra une évaluation du TSPT possible d'Ariana, de la dépression, de l'anxiété ou d'autres problèmes de santé mentale. Ensuite, nous passerons le relais.

— À qui ? demande Mère.

— Il y a une excellente clinique de rétablissement dans le Surrey. Je demanderai à mon bureau de vous envoyer les détails.

— C'est du jargon de psy pour dire un asile de fous ? demande Christopher.

Je lui lance un regard d'avertissement. *Ne contrarie pas la seule personne dans cette pièce qui peut aider Ariana.*

Sandringham ne bronche pas.

— Si vous appelez un établissement de pointe avec des hébergements cinq étoiles et l'un des meilleurs psychiatres du Royaume-Uni un « asile de fous », alors... oui.

L'expression de Christopher passe d'une légère hostilité à un regard pétillant. Il est tellement prévisible. Si je pouvais, je lui donnerais un coup de pied sous la table. Sandringham n'est pas son genre. Premièrement, elle a notre âge, facilement vingt ans de plus que ses petites amies habituelles. Plus important encore, elle est largement hors de sa portée en matière d'intelligence émotionnelle et ordinaire.

— Ça semble bien, alors, répond-il, en lui offrant son sourire le plus charmeur. Honnêtement, parfois je n'arrive pas à croire que nous sommes de la même famille.

— Merci, docteur, soupire Mère, l'air soulagée. Cela semble être un excellent plan d'action.

— Pourrons-nous lui rendre visite ? demande Père.

Tout le monde reste silencieux un moment. C'est la première fois qu'il reconnaît Ariana depuis des années.

— Oui, dit Sandringham en hochant la tête. Les visites sont activement encouragées dans le cadre des interventions thérapeutiques.

— Excellent, répond Père en se tapant sur les cuisses. Il se sert un croissant au jambon et au fromage, le contemplant avec délectation.

Sandringham regarde nos visages reconnaissants, sourit et rassemble ses affaires avant de se lever. De façon ridicule, je ne veux pas qu'elle parte. Elle apporte du calme dans la pièce ; elle semble avoir la capacité unique d'apaiser le chaos de ma famille. Peut-être pourrais-je l'engager dans un rôle plus large. Mère a son chef, j'ai ma gouvernante, Christopher a un personnel complet à sa disposition. Peut-être pourrions-nous avoir un psychologue de famille qui se joindrait à l'équipe. Dieu sait que Père en a besoin, sans parler du reste d'entre nous.

CHAPITRE 8

Un Rêve Heureux

IVY

Ariana refuse de nous voir, alors nous décidons de quitter l'hôpital pour la nuit et de nous retrouver demain matin à la première heure. Ça a été la journée la plus longue de toute l'histoire. Je glisse ma main dans celle d'Alistair. Il me regarde de haut en bas et je vois une lueur de désir dans ses yeux.

— On pourrait retourner chercher cette chambre libre ? murmure-t-il.

— Tu es incorrigible, je réponds.

— D'accord, cède-t-il en replaçant une mèche de mes cheveux derrière mon oreille. Faisons comme tu veux. Qu'aimerais-tu faire, et où aimerais-tu le faire ?

Je souris d'un air malicieux. Je ne m'habituerai jamais à être si totalement désirée. Ça fait vibrer tout mon être.

— Monsieur Ravenscroft. Tu vas devoir me nourrir avant que toute autre action puisse être envisagée.

Nous tournons tous à vide — nous n'avons pas eu assez de sommeil ni de nourriture saine au cours des dernières vingt-quatre heures éprouvantes. En plus, je tuerais pour un gin tonic — de préférence un double. Mais d'abord, Jamie.

— Avant de partir, je dis, j'aimerais passer voir Jamie.

— Bien sûr, répond Alistair. Je viens avec toi.

— Je sais qu'ils n'encouragent pas la famille à traîner dans les parages, mais je serai rapide. J'ai l'impression de ne pas l'avoir vu depuis une éternité.

Il me caresse le bas du dos.

— On peut rester aussi longtemps que tu veux.

L'infirmière de Jamie m'intercepte avant que j'atteigne sa chambre.

— Ivy ! C'était rapide !

Je cligne des yeux, ne comprenant pas.

— Pardon ?

— Nous venons juste d'appeler ta mère. Jamie a passé un cap. Il va suffisamment bien pour être retiré du respirateur. Nous avons arrêté la sédation.

Mon cœur fait un bond.

— Vraiment ?

Elle rit doucement.

— Vraiment.

Un poids s'envole de mes épaules. Le soulagement m'envahit comme de l'eau chaude. Jamie va s'en sortir.

Mon téléphone vibre dans ma poche. Je le sors et vois que c'est maman qui appelle.

Alistair fait un geste pour le prendre.

— Je vais répondre, dit-il. Va voir Jamie.

Seigneur, j'aime cet homme. Je l'embrasse sur les lèvres et suis l'infirmière.

Jamie dort encore quand j'entre dans sa chambre, mais le voir sans respirateur est une vision merveilleuse. Dans une étrange sorte de déjà-vu de ce qui vient de se passer avec Ariana, je tire la chaise près de son lit et prends sa main. Sa peau est fraîche et douce. Drôle d'époque, je me dis, quand le frère de ton amant et le tien se retrouvent en soins intensifs en même temps. Bizarre, mais étrangement pratique pour les visites, j'imagine.

Je ne devrais probablement pas le réveiller, mais je me dis qu'il a dormi si longtemps maintenant que ce serait sans doute bon pour lui d'avoir une conversation.

— Jamie ? je tente. Je secoue légèrement sa main. Jamie ?

Il s'agite, mais reste endormi. Je tapote sa main jusqu'à ce qu'il hausse les sourcils et renifle l'air, bougeant sa tête de droite à gauche.

— C'est moi, je dis. Ivy.

Les yeux toujours fermés, ses lèvres s'incurvent en un sourire.

— Ivy, murmure-t-il. Ma sœur Ivy.

— C'est bien moi, je réponds. Tu as dormi pendant longtemps.

Il avale sa salive, puis fronce les sourcils.

— Ma gorge me fait mal.

J'envisage de lui parler du respirateur mais je me ravise.

— Il y a de l'eau ici, je dis. Ou je peux t'apporter quelque chose à boire. Un chocolat chaud ?

— Ça semble si bon, mais je ne veux pas que tu partes.

— Je vais demander à maman de t'en apporter un. Elle est en route.

Il ouvre enfin les yeux et cligne des paupières pour s'habituer à la lumière. Lentement, Jamie se concentre sur moi.

— Te voilà. Je pensais que je rêvais peut-être. J'ai fait *beaucoup* de rêves.

Je lui souris. Je déteste qu'il ait l'air si vulnérable.

— J'espère que c'étaient des rêves heureux.

— J'ai une question importante, Ivy.

— Oui ?

— Est-ce qu'Alistair m'a acheté un gros écureuil, ou est-ce que c'était un rêve ?

— Il l'a fait.

— Oh, super. Je pensais que c'était un rêve. Un rêve heureux. Mais je suis encore plus heureux que ce soit réel.

— Alistair a été si gentil avec nous. Je lui serre la main. Il s'occupe de tout.

— C'est bien, Ivy. Tu mérites quelqu'un de gentil. Je pensais que Jeff était gentil, mais au final, il ne l'était pas.

— Ne t'inquiète pas pour Jeff, je lui dis. Il est parti depuis longtemps. Nous ne le reverrons jamais.

— Pauvre Jeff. Il t'aimait simplement trop, c'est tout.

Comment Jamie peut-il avoir de l'empathie pour ce psychopathe après ce qu'il nous a fait subir dépasse mon entendement, mais ça souligne à quel point mon frère est un être chaleureux. Mon cœur se gonfle.

— Quand est-ce que je pourrai rentrer à la maison ? demande-t-il.

Je secoue la tête.

— Je ne sais pas. Probablement dans quelques jours ? Tu resteras chez papa et maman pendant qu'on te cherche un nouvel endroit.

Il a l'air affligé.

— Je ne reverrai jamais mes tableaux.

— Ça doit être douloureux, je dis. Mais nous allons t'acheter de nouvelles toiles et toute la peinture et les pinceaux dont tu as besoin pour que tu puisses recommencer. Un nouveau départ, je lui dis, les larmes aux yeux. Ne sera-ce pas merveilleux ?

Ses yeux sont toujours tristes, mais il dit :

— Oui, Ivy, ce sera merveilleux.

— Ça va ? demande Alistair en remarquant mon visage larmoyant à la sortie de la chambre de Jamie.

Je renifle et hoche la tête.

— Oui. C'était une longue journée.

— Je vais entrer lui dire bonjour ?

— Il s'est rendormi. Maman sera bientôt là avec un chocolat chaud pour lui. Peut-être demain.

— Que puis-je faire ? A-t-il besoin d'un autre rongeur géant ?

Je ris à travers mes larmes.

— Non. Jamie aime toujours le rongeur. Il est triste d'avoir perdu son art.

La culpabilité est toujours déchirante. *Se dissipera-t-elle un jour ?*

Alistair me prend dans une étreinte chaleureuse.

— Nous allons lui aménager un nouveau foyer, et l'atelier de ses rêves.

— Tu en fais trop pour moi. Pour ma famille.

— Mais non. Tu le mérites, et je suis heureux de pouvoir le faire.

Ma main descend vers l'arrière de sa cuisse.

— Tu assures à chaque fois.

— Mademoiselle Mickelson. Si je ne te connaissais pas mieux, je penserais que tu flirtes.

— Je ne fais rien de tel. J'ai trop faim et je suis trop fatiguée pour flirter.

— Quel dommage, dit Alistair. Deux semaines de relation et la romance est déjà morte.

— On a eu un bon parcours, pourtant, je dis. C'était deux bonnes semaines.

Alistair fait une grimace et hausse les épaules.

— J'ai connu mieux.

Je lui donne un coup de poing sur le bras, et il sourit.

CHAPITRE 9
Coquine

ALISTAIR

Aucun de nous n'a envie d'aller dans un restaurant chic, alors nous prenons un repas réconfortant et une pinte dans un pub du coin. Nous trouvons une alcôve confortable et nous y installons. Nous sommes assis tout près l'un de l'autre, la jambe d'Ivy posée sur la mienne — c'est aussi près que nous pouvons être sans attirer l'attention. Tout dans ce dîner est réconfortant : avoir Ivy si proche, la tourte feuilletée au bœuf et à la Guinness, le porter noir que je commande au bar. Ivy préfère le gin à la bière, et choisit des lasagnes aux légumes, mais elle finit par succomber à l'envie de goûter une bouchée de ma pâte beurrée.

Elle gémit et bat des cils. — Mon Dieu, c'est délicieux.

— J'ai déjà entendu ça, lui répondé-je en haussant les

sourcils de manière suggestive. J'ai hâte de la mettre dans mon lit.

Ivy m'adresse un sourire narquois. — Je n'arrive pas à croire que tu penses au sexe après la journée que tu as eue.

— Ivy, dis-je. Je ne peux penser à presque rien d'autre quand tu es dans la pièce.

En fait, même quand elle n'est pas dans la pièce – ou dans le pays – mon désir pour elle consume tout le reste. Je prends une profonde inspiration, l'expirant lentement tout en caressant sa cuisse.

Je l'embrasse sur la joue, lentement et doucement, puis lui murmure à l'oreille. — Tu es tellement délicieuse.

Elle glousse, une légère rougeur colorant son visage. Ça pourrait être le gin, ou la chaleur du pub, mais j'espère que c'est plus que ça. J'espère qu'elle imagine ce que j'aimerais lui faire plus tard.

— Je suis sûre que tu es encore sous le choc, dit Ivy en tenant ma main. Il te faudra du temps pour digérer toute cette... *histoire*.

— Oui, confirmé-je en me frottant le menton barbu. J'ai besoin d'une douche chaude et de me raser. La dernière fois que je me suis regardé dans un miroir, c'était à Moscou. Comme si elle lisait dans mes pensées, Ivy passe ses doigts sur mon menton piquant.

— Je peux te raser quand nous rentrerons si tu veux.

— Ce n'est pas que je ne te fais pas confiance,

réponds-je, mais j'aime garder le contrôle de tout rasoir près de ma gorge. Sans vouloir t'offenser.

Elle me frappe l'épaule. — Tu ne me fais pas confiance !

— Si. En grande partie.

Ivy glousse, puis feint l'indifférence, croisant les bras. — Tant pis pour toi. Je suis une excellente barbière.

Je plisse les yeux en la regardant. — Pourquoi ai-je du mal à le croire ?

Sa mâchoire s'ouvre en feignant l'outrage. — J'ai *des années* d'expérience dans le rasage de mentons.

— Tu n'es pas assez âgée pour avoir *des années d'expérience* en quoi que ce soit. À moins que tu n'aies un problème de pilosité faciale que tu m'as caché. Ou... peut-être que tu rasais tes élèves de yoga après les séances transpirantes.

Ivy éclate de rire. — Beurk. Si tu veux savoir, j'avais l'habitude d'aider Jamie à se raser.

Mon sourire s'efface. — Ah, ça se tient. Je m'excuse d'avoir douté de l'un de tes nombreux talents.

— Excuses acceptées.

— Quand même, dis-je, je pense que je vais m'en tenir à le faire moi-même. Mais merci pour cette gentille proposition.

— Que de problèmes de contrôle, médite Ivy.

— Ce n'est pas un problème. C'est une préférence.

— Oh, je ne me plains pas. Elle plonge son regard dans le mien. — J'adore quand tu prends le contrôle.

C'est tout l'encouragement dont j'ai besoin pour

ramener Ivy directement à la maison. Mon téléphone continue de vibrer avec de nouveaux messages de ma famille, mais je les ignore pour l'instant. Nous nous sentirons tous mieux et aurons plus de recul demain matin. Mes yeux sont irrités par le stress et le manque de sommeil, mais mes priorités restent les mêmes.

— Je peux prendre ma douche avec toi ? demande Ivy en bâillant.

— Tu n'as jamais à demander, réponds-je. Comme si je refuserais un jour d'avoir une déesse nue dans ma douche.

D'ailleurs, c'est *notre* douche maintenant ; Ivy n'est pas une invitée ici. Je la regarde enlever ses vêtements. Juste la voir se déshabiller me rend dur. J'allume la douche.

— Tu te sens chez toi ici ? je lui demande.

Elle hésite, réfléchissant à sa réponse. — Je me sens plus chez moi ici que je ne l'ai jamais été dans mon appartement.

— Qu'est-ce qui te ferait te sentir davantage chez toi ?

Peut-être qu'elle aimerait avoir ses aliments préférés dans le frigo. Je n'ai aucune expérience dans ce genre de choses. Tout ce que je sais, c'est que depuis qu'elle a emménagé, il y a une lumière dans la maison qui n'a jamais existé auparavant. Elle me regarde un moment de plus, pensive. J'enlève mes vêtements. C'est un soulagement de m'en débarrasser.

— J'adore cette maison, dit Ivy. J'adore Brumilde et les chiens. Mais, honnêtement, je pense que je me sentirais chez moi n'importe où tant que je suis avec toi.

Je m'avance à grands pas et la soulève. Elle glousse. — Qu'est-ce que tu fais ?

— Je vais te nettoyer, dis-je, me dirigeant vers la salle de bain embuée.

Elle rit. — Tu insinues que je suis sale ?

— Non. Mais j'adore quand tu *l'es*.

Je verse du gel douche sur un loofah et savonne chaque centimètre de peau d'Ivy. Je travaille en cercles doux, polissant son corps de son cou à ses orteils et l'embrassant au fur et à mesure. Quand j'arrive à ses pieds, elle glousse.

— Chatouilleux, dit-elle.

Quelque chose dans sa façon de rire me donne encore plus envie d'elle. Je laisse tomber le loofah et la plaque contre le mur. Les jets d'eau chaude massent mon dos tandis que je presse ma poitrine contre la sienne. J'écrase ses lèvres avec les miennes. Elle gémit, et mon sexe durcit davantage contre son ventre.

J'ai envie de lui dire à quel point je la désire, combien elle est sexy, mais je ne veux pas arrêter de l'embrasser. Malgré ma force — ou peut-être à cause d'elle — elle s'adoucit sous mes caresses, s'ouvrant à moi, relaxant son corps au point qu'elle devient comme de la pâte à modeler entre mes mains. Quand elle est douce et ouverte comme ça, elle est si... pénétrable. Je veux explorer chacun de ses orifices.

Je gémis dans sa bouche, et elle me répond tandis

que je cherche son clitoris avec mes doigts glissants. Je suis si putain de dur. Je l'embrasse profondément, me balançant contre le petit creux à côté de sa hanche saillante pendant que je masse sa chatte. Malgré le bruit de l'eau, je peux entendre et sentir ses gémissements.

— Alistair, halète-t-elle. S'il te plaît, baise-moi.

N'ayant pas besoin d'être plus encouragé, j'attrape le lubrifiant de douche tandis qu'Ivy se tourne vers le mur et pose son pied gauche sur le rebord carrelé, s'accrochant à la barre de maintien pour se soutenir. Ça m'excite tellement que je serre les dents. Ma queue glissante trouve immédiatement son entrée comme si elle avait sa propre volonté. Ivy halète dès le premier centimètre.

— Bon sang, dit-elle. Si dur.

— Oui, réponds-je. Dur pour toi. Je n'en ai jamais assez de toi.

J'enfonce un autre centimètre. C'est tellement bon. Si serré.

Ivy halète à nouveau. — Putain.

— Tu es prête pour plus ? Je ne l'ai pas préparée, alors ça pourrait sembler trop intense.

— Oui, siffle-t-elle. Oui. Je te veux entièrement.

Je m'enfonce doucement. Même si j'y vais lentement, Ivy crie quand je suis complètement en elle. Je reste comme ça un moment, lui donnant le temps de s'habituer à moi. Son corps est tendu. Je reste à l'intérieur pendant que je masse ses seins et pince ses tétons. Progressivement, son corps se détend à nouveau et c'est là que je sais que je peux commencer à bouger en elle.

Elle cambre le dos, soulevant ses fesses pour m'encourager. C'est une invitation que je ne peux pas refuser. Je commence à me balancer en elle, et quand je sens son rythme s'accorder au mien, je commence à la baiser sérieusement. Ivy crie à nouveau. Je m'enfonce en elle encore et encore jusqu'à ce qu'elle gémisse si fort que je suis reconnaissant de l'insonorisation de la pièce. Mais j'ai besoin de voir son visage.

Je me retire, la fais pivoter, et l'embrasse passionnément.

— Putain, Alistair, murmure-t-elle contre ma bouche. Je t'aime. J'aime ton corps. J'aime ta queue. Baise-moi.

Sa tête part en arrière quand je la pénètre à nouveau. Ses muscles se contractent, ce qui me surprend. Je suis certain de ne pas avoir travaillé assez dur pour la faire jouir. Je serre son sein plus fort avec ma main gauche et caresse son clitoris avec ma main droite. Elle halète, bouche ouverte, yeux fermement plissés.

— Oui. Plus fort, m'encourage-t-elle. Juste là. Juste là.

J'enfonce ma queue plus fort, plus profondément, plus vite. — Comme ça ? Je suis à bout de souffle.

— Oui, oui, oui, répond-elle en hochant la tête, son expression me faisant comprendre qu'elle est au bord de l'orgasme. Je continue, faisant exactement ce qu'elle veut. Elle est si proche. L'expression sur son visage fait monter mon propre orgasme, une cascade de pur plaisir tandis que mon corps se raidit, se préparant à exploser. Maintenant c'est moi qui plisse les yeux, serrant les dents, essayant de maintenir le rythme tout en retenant mon orgasme. Ivy roule des hanches, et un long gémissement guttural s'échappe de sa gorge. Je saisis son visage comme elle aime que je le fasse et utilise mon dernier souffle d'énergie pour la pilonner, ce qui suffit à déclencher son orgasme.

Ivy sanglote alors que son climax la fait flancher, comme si elle était une marionnette dont on aurait coupé les fils. Je la rattrape à temps, faisant attention à ne pas la laisser glisser, et plonge une dernière fois dans sa chatte pulsante, me laissant aller, criant alors que je déverse tout ce que j'ai en elle.

Je ne réalise qu'elle pleure que lorsque j'ouvre à nouveau les yeux.

CHAPITRE 10
Famille instantanée

IVY

— Oh, Ivy, dit Alistair, sa main sur ma joue. Est-ce que je t'ai fait mal ?

Je secoue la tête, laissant échapper un autre sanglot. Il coupe l'eau et me sèche tendrement, embrassant mon front. Alistair m'enveloppe dans une serviette sèche et me porte comme une mariée. Je me blottis contre son torse musclé, mes bras autour de son cou, réchauffée par la douche et son activité sportive. Je ne pleure plus. Il me dépose doucement sur le lit, me couvre avec la couette, puis s'agenouille à côté de moi. — Ça va ? Tu es sûre que je ne t'ai pas fait mal ? La prochaine fois, j'irai plus lentement.

C'était beaucoup à assimiler — tout ce qui s'était passé — et beaucoup à digérer. Trop à digérer en une journée sans se sentir complètement dépassée.

Le danger et la découverte.

Le sang et le bébé.

Mais quand Alistair me prend, tout semble aller pour le mieux.

— C'était une décharge intense, lui dis-je. Je l'ai ressentie dans chaque partie de mon corps.

— D'accord, répond-il en hochant la tête. Peut-être l'a-t-il ressenti aussi. Ces dernières quarante-huit heures ont été complètement folles.

Alistair range la chambre et se glisse dans le lit avec moi, sa peau encore agréablement chaude, et me prend en cuillère. Je peux sentir le parfum boisé de son gel douche de créateur. J'en prends une profonde inspiration. Malgré tout, c'est le sentiment de sécurité le plus fort que j'ai jamais ressenti.

Quand je me réveille, le soleil inonde la pièce. Malgré un léger mal de tête, je peux dire que j'ai bien dormi. Le côté du lit d'Alistair est vide, ce qui me surprend, étant donné son appétit apparemment insatiable. Mais bien sûr, il est debout — il a un empire à gérer et des ennemis à repousser, sans parler des récentes complications familiales. Je me sens comme une véritable paresseuse. Je m'étire et saute du lit, m'enveloppe dans un joli peignoir que je trouve dans l'armoire, et me brosse les dents. Le délicieux arôme de café frais me guide vers la cuisine. J'y entre à pas feutrés, m'attendant à saluer Brumilde, mais je vois à la place Alistair assis dans un fauteuil, souriant au petit Alex qui gazouille sur ses genoux.

— Vous voilà, je murmure, ne voulant pas les surprendre.

Ils se tournent tous les deux vers moi et sourient, et quelque chose d'étrange se produit dans mon cœur. C'est comme une expansion et, en même temps, un désir. Un désir de quoi ?

— Un café ? je demande, essayant de ne pas m'étouffer avec mes émotions.

— Je viens d'en faire une cafetière fraîche, répond Alistair, son regard revenant vers le bébé. Si tu tiens Alex un moment, je t'en verse une tasse.

— Euh, je réponds.

— C'est trop ? demande-t-il, puis secoue la tête. Bien sûr que c'est trop. Je vais juste le mettre dans son parc ici. C'est un dispositif bien pratique. Brumilde ne cesse de commander des gadgets et des fournitures pour bébé. Je ne sais pas à quoi sert la moitié d'entre eux.

— Je peux me servir mon café, dis-je. Je proposais de t'en verser.

Le bébé devait apprécier son temps avec Alistair, car il commence à gémir quand Alistair le dépose dans son parc.

Je dois avoir l'air d'une biche prise dans les phares d'une voiture, car Alistair vient me serrer dans ses bras. — Tu paniques ? C'est beaucoup. Je ne te blâme pas. Laisse-moi te verser ce café.

La lèvre inférieure du petit Alexander tremble, et ses

yeux sont grands ouverts et humides. Je ne peux pas le supporter. Je m'approche et le prends dans mes bras. Je pense qu'il pourrait pleurer davantage, ne sachant pas qui je suis, mais il semble soulagé d'être sur ma hanche. Bien sûr, sa maman doit terriblement lui manquer. Il a besoin de tout le réconfort que nous pouvons lui offrir. Pauvre petit bout de chou. Je le balance légèrement et plante un baiser sur son front. C'est tout ce dont il a besoin pour se détendre contre moi. Je caresse son dos chaud, espérant que cela le fera se sentir en sécurité.

— Petit cœur, lui dis-je. Tout va bien se passer.

— Tu es un vrai cordon bleu, dit Alistair, en posant mon café sur le comptoir contre lequel je m'appuie.

— Ne te fais pas d'idées, lui dis-je.

Il a l'air un peu choqué pendant un moment, puis éclate de rire.

— C'est surréaliste, n'est-ce pas ? dis-je. La plupart des couples ont au moins quelques mois pour se préparer avant d'avoir un bébé.

— Alex n'est pas ta responsabilité, répond Alistair. La dernière chose que je veux, c'est te forcer à prendre un quelconque engagement.

— Je ne me sens pas forcée, dis-je. Je veux aider.

— Il faudra organiser une réunion de famille pour discuter de la meilleure voie à suivre. Je ne m'attends certainement pas à ce que tu assumes des rôles qui te mettent mal à l'aise.

— Et toi, tu es à l'aise avec ça ? Avec le fait d'être son... tuteur ? je demande.

Il soupire. — Honnêtement ? Mon cerveau tourne à plein régime avec tout ce qui s'est passé. Je n'ai pas encore de clarté sur ce qui sera le mieux.

— Mon cerveau tourne aussi, dis-je. Mais pour le reste ? Que dit ton corps ? Que dit ton cœur ?

Alistair fait un pas en avant et nous enveloppe, Alex et moi, dans ses bras. — Mon cœur et mon corps n'ont qu'une seule priorité, Mademoiselle Mickelson. Il m'embrasse, et le bébé se blottit contre moi, posant sa petite main sur mon ventre. Nous restons ainsi un moment, savourant l'instant, jusqu'à ce que le bébé s'agite. Je l'embrasse à nouveau sur le front, lui donne un jouet et le place dans son parc. Cette fois, il est content d'y être déposé. Il rampe vers son oreiller et y pose sa tête, alors je le recouvre d'une couverture.

— Brumilde et moi avons discuté ce matin. J'ai suggéré d'engager une ou deux nounous à temps plein pour qu'elle n'ait pas à ajouter la garde d'enfant à ses tâches.

Je ris. — Je suis sûre que ça lui a fait plaisir.

Alistair sourit d'un air narquois. — Tu connais Brumilde. Elle n'a rien voulu entendre. Elle a dit qu'elle adore s'occuper d'Alex.

— Je le vois sur son visage, dis-je. Quand elle est avec lui. Elle est dans son élément.

Nous regardons tous les deux Alex et constatons qu'il s'est endormi.

— Elle a toujours été si bonne avec nous quand nous étions enfants.

Je n'en doute pas une seconde. Brumilde insiste encore pour préparer le petit-déjeuner et me faire des crêpes.

— Et c'est pratique pour moi, je pense que ce sera bon pour elle d'avoir sa compagnie. Travailler ici est assez isolant, et son mari n'est pas le plus sociable. Elle adore prendre soin des gens. Mais j'engagerai quand même une nounou pour alléger la charge. Entre Brumilde, une nounou et moi-même, je pense que nous pourrons gérer la garde de l'enfant. Mais ce ne sont que des détails pratiques. Ce que je dois savoir, c'est si tu seras heureuse qu'Alex vive ici. Ce n'est pas un petit engagement, et je n'aime pas te mettre la pression. Nous avons d'autres options.

Je prends une gorgée de café, analysant mes pensées tourbillonnantes. — Je n'étais pas sûre.

Il y a deux semaines, j'étais une prof de yoga célibataire et fauchée vivant dans un appartement miteux. Maintenant, j'ai pratiquement hérité d'une magnifique famille instantanée.

— Oui, acquiesce Alistair. Comme tu dis, la plupart des couples ont un peu plus de temps pour s'habituer à l'idée d'avoir un bébé. Je comprends parfaitement si tu as besoin de temps pour décider s'il peut vivre ici ou non.

— Je ne devrais pas avoir ce genre de pouvoir, dis-je.

— Bien sûr que si, insiste Alistair, se pressant contre moi. Tu es ma reine.

J'avale difficilement. J'ai besoin de sortir ces mots, mais ils semblent coincés dans ma gorge.

— Je n'étais pas sûre, je répète, mais quand je suis entrée ce matin et que je t'ai vu assis là avec Alex sur tes genoux, j'ai juste... ça semblait juste ? Je secoue la tête. Ça semblait juste et je le voulais. Je voulais que ça reste comme ça. J'adorerais qu'Alex vive ici, et j'aiderai de toutes les façons possibles. Me sentant émue, j'essuie mes larmes naissantes.

Les yeux d'Alistair expriment la surprise, puis le soulagement. — Vraiment ?

— Vraiment, j'insiste.

Alistair passe à l'action, me soulevant et me déposant sur le comptoir de la cuisine, renversant mon café. Aucun de nous ne s'en soucie. Il m'embrasse comme si nos vies en dépendaient. Il ouvre mon peignoir et commence à cajoler mes seins.

— Pas ici, dis-je.

— Oui, madame, répond-il, me tirant du comptoir pour me prendre dans ses bras, me portant comme j'adore. Il se dirige vers la chambre.

— Le babyphone, dis-je.

Il fait demi-tour et marche vers le parc. Ses mains étant occupées, je saisis le moniteur sur la table d'appoint, et nous montons à l'étage.

CHAPITRE 11
À bout de souffle

ALISTAIR

Mon désir pour Ivy me consume de l'intérieur.

Je dois la posséder maintenant. La porter dans les escaliers fait battre mon cœur plus vite et je sens le sang affluer partout. J'ai envie de planter mes dents dans son cou pâle et élégant. Je déverrouille la chambre de jeux et la jette sur les draps en satin anthracite du lit. Ma queue est si tendue contre mon jean que c'en est douloureux. Je rôde dans la pièce, rassemblant des accessoires. Quand je regarde Ivy, elle a cette expression nerveuse mais excitée, celle qu'elle affiche quand elle ne sait pas à quoi s'attendre.

— Enlève cette robe, dis-je, en attrapant un vibromasseur et une bouteille d'huile de coco que je dépose sur le coussin chauffant sur la table de chevet.

Ivy fait ce que je lui demande, se mordant la lèvre

inférieure. J'aimerais être celui qui la mord. Elle est vraiment la femme la plus sexy de la planète.

— Je vais te faire jouir si fort, lui promets-je, la faisant se tortiller. J'attrape un bandeau en satin et une bougie de massage, puis j'utilise la télécommande pour tamiser les lumières et lancer ma playlist de chambre.

— Putain, dit Ivy. C'est vraiment un donjon sexuel.

— Je vais te montrer, je réponds. Si c'est un donjon sexuel qu'elle veut, c'est ce qu'elle aura. Je m'approche et j'utilise les entraves intégrées au lit pour l'attacher en position « X ». Je ne lui bande pas encore les yeux. Je veux qu'elle voie ce que j'ai prévu pour elle. Elle serre les dents, sa poitrine se soulève et s'abaisse. Est-elle aussi excitée que moi ?

Je fais glisser un doigt le long de la cage thoracique saillante et vois sa peau passer de soie lisse à des frissons en relief. J'observe ses tétons se durcir, et ma queue fait de même. Je déboucle mon jean et le retire d'un coup de pied.

— J'adore ta queue, Alistair, dit-elle. Je peux la goûter ?

Je prends une inspiration puis me positionne au-dessus d'elle pour diriger l'extrémité dans sa bouche ouverte, ses lèvres brillantes autour de mon sexe tandis que je m'enfonce plus profondément. Elle lèche et suce, me rendant fou. Ses yeux papillonnent et elle hoche la tête. Elle en veut plus. Ses poignets sont attachés, donc elle ne peut pas contrôler la profondeur. Je dois être prudent. Je pousse un centimètre de plus et elle continue à sucer. Je ferme les yeux et respire, m'abandonnant au plaisir intense d'avoir ma queue dans une bouche si magnifique. Quand je rouvre les yeux, les siens sont grands ouverts et demandent davantage. Je hausse les sourcils et elle acquiesce.

Je me tiens à la tête de lit pour garder mon corps stable pendant que je m'abaisse davantage, sentant sa langue délicieusement glissante tourbillonner autour de mon membre.

— Putain, Ivy. Je suis censé être celui qui la fait jouir, mais c'est trop bon pour m'arrêter. Elle gémit, et la vibration que cela provoque dans sa bouche intensifie mon désir. J'ai envie de la baiser sans retenue, mais ça devra attendre. Je bouge lentement, poussant au-delà du palais, reculant, puis allant plus loin. Chaque fois que je me retire un peu, elle ouvre la bouche plus grand, me montrant qu'elle peut tout prendre, qu'elle veut tout. Je suis tellement tenté d'enfoncer ma queue complètement, jusqu'au fond, mais je respire et me retiens, n'allant qu'un peu plus loin à chaque poussée douce. Quand je sens le fond de sa gorge et qu'elle avale l'extrémité, c'est presque insupportable, ma queue tressaute et veut exploser. Je grogne et la retire, ayant besoin d'un moment pour me ressaisir.

— Je te veux plus profondément, dit Ivy. Je veux chaque centimètre de toi en moi.

— Pas aujourd'hui, je réponds. Pas dans ta bouche, en tout cas. J'ai du travail à faire.

Elle me sourit, les lèvres si roses et succulentes. Je me

penche pour l'embrasser et sens cette langue magique dans ma bouche.

— Tellement sexy, lui dis-je en massant ses seins. Tu me rends fou.

Ivy se tortille. — J'ai hâte de te sentir en moi. Quand ta queue est dans ma bouche, je deviens tellement mouillée.

Je suis si excité en ce moment que je pourrais probablement jouir – sans même me toucher – rien qu'en *pensant* à la baiser.

J'abaisse ma bouche sur son téton tout en frottant de l'huile sur sa poitrine. Elle pousse ses seins vers moi, en voulant plus. Je suce plus fort, et sa respiration s'approfondit.

— Tu aimes ça ? je demande.

— Oui, siffle Ivy en cambrant le dos. Tu sais toujours comment faire. Ça fait du bien à tout mon corps.

Je suce ses seins encore un moment, puis descends vers sa chatte. Je pense qu'elle est maintenant au-delà d'un toucher léger, donc j'utilise ma langue aussi largement que possible, massant fermement son clitoris avec, décrivant des cercles jusqu'à ce que toute ma bouche se retrouve sur son clitoris. Ses gémissements deviennent plus forts.

— J'adore ta chatte, dis-je. Si je pouvais te lécher toute la journée, je le ferais.

Je continue un peu plus longtemps, jusqu'à ce que je sente ses lèvres gonfler et sa belle chatte rose s'ouvrir comme une fleur.

Putain ! Je ne peux plus attendre pour enfoncer ma queue en elle.

— C'est tellement bon, gémit-elle. Je suis presque là.

— Ne jouis pas encore, lui dis-je. Je n'en ai pas fini avec toi.

Je couvre ses yeux avec le bandeau parfumé en satin, puis je change les entraves et la retourne sur le ventre. Elle pousse un petit cri de surprise. Je claque ses fesses et elle crie à nouveau. Je verse l'huile chaude sur tout son dos, ses fesses et ses cuisses, puis me mets à masser chaque partie d'elle, du cuir chevelu jusqu'aux orteils. Je prends mon temps pour détendre chaque nœud dans son dos, repérant les zones sensibles. Je sais qu'elle adore quand je m'occupe de ses fesses, alors j'y passe plus de temps, pétrissant et frottant ses joues parfaites. Elle gémit et soupire pendant que je continue.

— Je pourrais masser ce cul parfait pendant des jours, dis-je.

— Oui s'il te plaît, répond-elle en gloussant.

Je sens un grognement monter dans ma gorge, et je me penche pour lécher la peau pâle et douce, juste là où le haut de la cuisse rejoint la fesse. Ivy halète.

— Personne ne t'a jamais léchée ici ? je demande.

— Non, répond-elle, essoufflée.

Je la lèche à nouveau. Cette fois, elle s'y attend et exhale de plaisir. Je continue, d'abord en la chatouillant avec de légers coups de langue, puis en embrassant une joue puis l'autre pendant qu'elle gémit et s'agite.

Ivy soulève ses hanches pour se mettre à quatre

pattes, tendant les chaînes des entraves. Elle utilise une main pour caresser son clitoris pendant que j'enfonce ma langue dans sa chatte. Elle crie. J'entends qu'elle est proche de jouir. Je plonge ma langue en elle encore et encore pendant qu'elle se caresse, et je peux sentir ses muscles se contracter. J'imagine ma queue en elle, ses muscles me serrant fort, et je suis presque sur le point de jouir moi-même.

J'huile mes doigts et en insère deux, les courbant pour atteindre son point G. Elle se fige et gémit si fort que je crains de l'avoir blessée.

— Ne t'arrête pas ! crie-t-elle.

Je ressens une bouffée de désir pur dans tout mon corps, ajoutant plus d'huile et plus de longueur, ce qui la fait gémir à nouveau alors que je déplace doucement mes doigts d'avant en arrière, caressant cette zone sensible avec le bout de mes doigts, augmentant progressivement la pression.

— Putain-putain-putain, gémit-elle, maintenant le rythme de ses caresses.

Pour la faire basculer, je lèche lentement depuis l'endroit où mes doigts sont en elle, jusqu'à son autre trou — et c'est à ce moment qu'elle hurle et que son orgasme explose.

CHAPITRE 12
Distraction

IVY

Je perds complètement le contrôle, criant de plaisir tandis que mon orgasme fait vibrer chaque cellule de mon corps. J'oublie tout. Je ressens tout.

Putain.

Je m'apprête à dire quelque chose comme « C'est ton tour », quand Alistair ajoute plus d'huile chaude et un autre doigt, et continue. Je crie à nouveau, sentant mon second orgasme monter. Il appuie plus fort contre la paroi frontale de mon vagin et je ressens une pression intense, comme une autre explosion qui attend de se produire. Je porte toujours un bandeau sur les yeux, ce qui rend l'expérience bien plus intense car il n'y a aucune distraction, seulement des sensations. Le plaisir devient écrasant juste avant mon orgasme, et ma gorge laisse échapper un gémissement guttural tandis que je jouis à nouveau, une étoile filante de plaisir explosant dans mon intimité.

Puuutain.

Je halète et transpire, certaine que c'est terminé, mais Alistair n'a pas encore fini.

— Tu vas jouir encore une fois.

C'est une affirmation, pas une question.

Je ris à moitié, étourdie par les hormones sexuelles, et suis récompensée par une fessée. Ça pique, mais d'une bonne façon, et je ris à nouveau. Une autre fessée. Puis je sens la bouche d'Alistair sur mon sexe gonflé, humide et chaude et ferme, puis il lèche et suce toute la longueur de ma fente, s'attardant particulièrement sur mon orifice défendu.

Oh putain je vais jouir encore.

Mon corps entier commence à trembler ; ce ne sont pas seulement les muscles de mon sexe qui se contractent. Une autre fessée, assez forte pour laisser une marque, et je fonds presque dans le matelas.

— J'ai besoin de ta queue en moi, je supplie.

— Tu veux que je te baise ? dit-il lentement, savourant mon désespoir.

— Oui, je réponds en hochant la tête.

— Dis-le.

— S'il te plaît, baise-moi, Alistair. J'ai besoin de ta grosse queue.

Il ne me fait pas supplier davantage. Je sens l'huile de coco chaude et sa paume sur ma hanche tandis qu'il guide son sexe vers mon entrée. Le sentir là est déjà si bon.

— Oui, je siffle. Oui.

— Tu es tellement gonflée, dit-il. Si mouillée. Ça va être tellement bon.

Je n'ai pas besoin d'être convaincue. Alistair s'enfonce à mi-chemin et je crie face à l'intensité de la sensation. Sa respiration est audible. Il s'enfonce plus loin, puis commence à rouler des hanches sans se presser, me baisant lentement. Chaque cellule de mon bassin semble s'illuminer. Chaque poussée langoureuse menace de me plonger dans la félicité une fois de plus.

Alistair maintient ce rythme tranquille tout en caressant mon dos et en serrant mes fesses.

— Tellement bon, je gémis.

— J'adore ton sexe, dit-il. Chaque partie de toi est si belle.

Je cambre le dos et je serre sa queue avec les muscles de mon plancher pelvien.

— J'adore quand tu es en moi.

Je peux sentir sa verge frotter contre mon point G gonflé, et je sais que ce n'est qu'une question de temps avant que je jouisse encore. Mes mains et mes pieds fourmillent déjà de cet orgasme imminent. Alistair accélère son rythme, et je crie. Je suis si proche maintenant. Il rit, savourant ce jeu d'équilibriste. S'il va légèrement plus vite, nous savons tous les deux que je vais jouir, alors il prend son temps pour laisser monter le plaisir.

— *Puuutain*, je murmure, tout au bord du précipice.

Alistair gémit. J'adore entendre son plaisir ; ça m'excite tellement. Je continue de le serrer, le taquinant. Il attrape le wand magique, l'allume, et l'utilise sur mon dos. Puis il le met dans ma main et j'utilise le puissant vibromasseur sur mes lèvres pendant qu'il est en moi. Je le fais tourbillonner autour de mon sexe lubrifié puis sur ses testicules et son périnée, et nous halettons et gémissons tous les deux jusqu'à ce que je n'en puisse plus. Je laisse tomber le vibromasseur et je me pousse contre lui. J'ai besoin de tout de lui maintenant.

— Maintenant, je murmure.

Si proche.

J'avale et retrouve ma voix.

— Maintenant !

Alistair grogne et attrape mes seins, puis me pilonne. Sa queue semble plus grande et plus épaisse que jamais alors qu'il plonge profondément en moi, encore et encore jusqu'à ce que je pense mourir de l'intensité de ce plaisir. Mes muscles papillonnent autour de lui, l'avertissant que je suis tout en haut des montagnes russes.

— Putain, Ivy, gémit-il.

J'adore la façon dont mon nom sonne dans sa bouche quand il est sur le point de jouir. Mes gémissements montent en intensité puis mon troisième orgasme me traverse, depuis la verge d'Alistair jusqu'au plus profond de moi. Chaque partie de mon corps bourdonne et fourmille, mes muscles serrent sa queue énorme, ce qui me fait jouir à nouveau alors qu'il continue de me pilonner. Je hurle, ne sachant pas si je dois rire ou pleurer. Une dernière poussée contre mon col de l'utérus me fait crier tandis qu'Alistair se déverse en moi. Je savoure la crudité du moment, la chaleur, l'humidité, mon sexe écartelé, la sensation de sa queue qui pulse en moi.

Alistair retire mon bandeau et mes liens, embrassant mes poignets là où ils ont un peu frotté, puis nous nous effondrons ensemble, en sueur et épuisés.

— Heureusement que je prends la pilule, je murmure.

Alistair lève la tête, se tourne et s'appuie sur son coude pour me regarder. Il rit doucement.

— Ouais, répond-il. Je t'aurais définitivement fait un bébé cette fois.

— Ne plaisante pas, dis-je en souriant. Un bébé est largement suffisant pour le moment.

Il passe ses doigts dans mes cheveux et m'embrasse sur les lèvres.

— Qu'est-ce que tu aimerais faire la prochaine fois ?

— Mon Dieu, je réponds. Je pense encore à *cette* fois.

— D'accord, dit-il en s'étirant. Qu'est-ce que tu voudrais changer de *cette* fois ?

— Rien, je dis. Absolument rien. C'était parfait. Je n'ai jamais eu quatre orgasmes d'affilée.

— La prochaine fois, on en fera cinq.

Je me sens épuisée rien qu'à y penser.

— Sortons la liste au dîner. Il nous reste encore plein de choses à cocher.

— Je ne pense pas que Mère apprécierait ce genre de conversation à table.

Ma mâchoire se décroche.

— Quoi ?

Je frappe sa poitrine nue.

— Tu ne m'as pas dit qu'on dînait avec ta mère.

Alistair sourit.

— Désolé. L'invitation est arrivée pendant que je préparais le café. Une belle femme pieds nus dans ma cuisine m'a distrait.

— Ah, je réponds. Maintenant je suis une distraction, c'est ça ?

— Non, dit-il en secouant la tête. Tout le reste est une distraction. Toi, tu es l'attraction principale.

CHAPITRE 13
Kotic

ALISTAIR

Nous prenons chacun une douche avant de descendre. J'ai envie de champagne — une bouteille particulièrement coûteuse. Bébé Alex dort toujours. Je l'observe un moment pour m'assurer qu'il respire encore. Sa poitrine se soulève et s'abaisse, me rassurant. Je remonte la couverture sur ses jambes qu'il a dégagées. J'aimerais pouvoir le regarder sans voir Mariya, mais elle est là chaque fois que nous sommes ensemble. Un fantôme veillant sur son fils. Je me demande si je serai toujours hanté par elle.

Je sors une bouteille millésimée du réfrigérateur et attrape deux flûtes.

— Ooh, ronronne Ivy derrière moi en caressant mes fesses. Qu'est-ce qu'on fête ?

— Le fait que tu prennes la pilule, je plaisante. En quelque sorte.

— Ha ha.

— Cela dit, dis-je en montrant Alex endormi, je ne comprends pas pourquoi les gens disent que les bébés donnent tant de travail. Regarde-le.

Ivy rit.

— Oh, vous les milliardaires. Vous avez une vision tellement déformée de, eh bien, tout.

Je l'attrape et attire son corps contre le mien pour l'embrasser. Bon Dieu, je l'aime. Elle est tellement délicieuse.

— On célèbre la vie, dis-je. On célèbre les orgasmes multiples, les chattes magiques, et les femmes assez généreuses pour accueillir le bébé de quelqu'un d'autre parce que j'ai merdé.

J'ouvre la bouteille avec un léger "pop" et nous sers chacun un verre.

— On célèbre aussi le retour de nos frère et sœur. Jamie qui se réveille et Ariana qui revient d'entre les morts.

Même si elle a essayé de nous tuer.

Ivy fait tinter son verre contre le mien.

— Des nouvelles d'Ariana ?

— Pas encore, mais c'est pour ça qu'on dîne ensemble ce soir — une réunion de famille pour discuter de la marche à suivre.

— Juste pour être claire, dit Ivy. Tu ne veux pas parler de kink à table ?

Je ris.

— J'adore parler de kink à table. Mais pas quand c'est la table de ma mère.

— Tout à fait légitime, dit-elle en haussant les épaules et en prenant une autre gorgée.

Nous restons silencieux un moment, perdus dans nos pensées.

— J'ai encore du mal à croire ce qui s'est passé avec Ariana, dit Ivy. Et ce n'est même pas ma sœur.

Je redresse les épaules et m'éclaircis la gorge.

— L'important, c'est qu'elle soit en vie, je réponds. Le reste peut se réparer.

Mon téléphone sonne. Je décide de ne pas répondre jusqu'à ce que je voie l'identité de l'appelant. Blackwood.

Ivy me fait signe d'y aller.

— Blackwood.

Je suis sec.

— Je viens d'ouvrir une bouteille de Dom Pérignon 2012 parfaitement fraîche. Cette interruption a intérêt à en valoir la peine.

— Je vois que je suis toujours en disgrâce, alors, répond-il.

— À ce stade, j'ai plus confiance en Bijou qu'en vous... et elle fait pipi sur le tapis.

— Aïe, dit-il. Supplanté par un bouledogue français incontinent.

— Je préfère l'incontinence à l'incompétence n'importe quel jour de la semaine.

— Hé bien. Vous savez vraiment comment blesser les sentiments d'un homme adulte.

Je soupire.

— Blackwood. Ma boisson se réchauffe. Que voulez-vous ?

— Je veux m'assurer que votre famille reste en sécurité.

— Je vous écoute.

— J'ai surveillé le Baron de Verre. Je ne suis pas satisfait de ce que j'ai vu.

Je soupire et tapote mon verre, attendant qu'il continue. La patience n'a jamais été mon fort, sauf peut-être dans la chambre à coucher — et encore, seulement parfois.

— Je sais que cela va vous irriter, mais j'ai l'impression que les choses sont un peu... bizarres.

— Un peu bizarres.

— Mon instinct me signale des drapeaux rouges. J'aimerais creuser un peu, avec votre permission.

— Vous avez ma permission, je réponds.

Et ma généreuse commission mensuelle, que je ne suis pas sûr qu'il mérite encore.

— Quel est exactement votre plan ?

— Laissez-moi surveiller Mikhail. Je reviendrai vers vous avec un plan dès que j'en aurai un.

— Pourquoi cette soudaine mauvaise humeur ? demande Ivy. Je croyais qu'on célébrait.

— C'était Blackwood.

— Ton gars des renseignements ?

Je hoche la tête et avale une gorgée de ma boisson.

— Il a un mauvais pressentiment concernant Kuznetsov.

— Un mauvais pressentiment concernant la mafia russe assoiffée de sang ? Quelle surprise.

— Le sarcasme ne te va pas, ma petite *kotik*.

— *Kotik* ?

— Mon petit chaton.

— *Kotic*. J'aime bien. Je suis ton petit minou.

Elle remue suggestivement ses sourcils parfaits.

— On devrait peut-être essayer des mots coquins en russe.

— Si ça ne te dérange pas, je préfère m'en tenir à la langue de Molière.

Ivy hausse les épaules.

— Comme tu veux.

— C'est la seule façon que j'apprécie, je réponds.

— Voilà encore ces problèmes de contrôle.

Je l'attrape, mes mains fermes.

— Tu aimes quand je suis aux commandes.

— Oh oui, dit-elle, puis elle me mord l'épaule.

Le bébé commence à geindre, alors je la lâche pour aller le prendre.

Ivy m'observe.

— On emmène Alex avec nous à l'hôpital ?

Je le prends et me rends compte qu'il a besoin d'une nouvelle couche au moment où une Brumilde joyeuse entre avec de nouvelles fournitures pour bébé.

— Non, je réponds en le lui confiant.

CHAPITRE 14

La Véritable Ivy Mickelson

IVY

Nous prenons la limousine avec la vitre de séparation levée, alors je pense qu'Alistair pourrait vouloir s'amuser à l'arrière. Mais quand je pétris sa cuisse musclée avec mes orteils, il attrape mon pied et le masse sans aller plus loin. On pourrait croire qu'après mes récents orgasmes multiples je serais rassasiée, mais cela me donne en fait envie de plus, comme si mon corps venait de réaliser que la félicité pourrait être sans limites.

Alistair est sur son écran, tapant du pied pendant qu'il vérifie les messages de Gazinsky qui doit constamment décaler ses réunions.

— Je dois vraiment retourner au bureau, murmure-t-il en se grattant la barbe naissante.

— Je peux venir avec toi ? je demande.

— Pas question, répond-il. Je ne pourrai me concentrer sur rien d'autre que balayer tout ce qu'il y a sur mon bureau et te baiser dessus.

— Dans ce cas, dis-je en redressant le dos, je viens définitivement avec toi.

Il range son téléphone et me regarde. — Ne me tente pas.

— Mais c'est pour ça que je suis là, je réponds en battant innocemment des cils.

— Et que penserait mon équipe ?

— Depuis quand te soucies-tu de ce que les autres pensent ?

Il penche la tête pour reconnaître mon point.

— D'ailleurs, tu n'as pas une « *Journée Amène ton Animal au Bureau* » ?

Il éclate de rire. — Non.

— Eh bien, peut-être que tu devrais.

— Ou pourquoi pas une « *Journée Amène ta Maîtresse au Bureau* » ?

— Malheureusement non, dit-il en pressant mon pied. Mais ça rendrait les réunions bien plus inté-ressantes...

— C'est une occasion manquée si tu veux mon avis.

— Tout à fait d'accord. De toute façon, je croyais que tu détestais les entreprises maléfiques et les gratte-ciels vulgaires.

— C'est vrai, je réponds. Ça ne veut pas dire que je n'ai pas envie que tu me fasses un cunnilingus sur ton bureau très coûteux pendant que tu portes un costume hors de prix.

— Ivy Mickelson, me réprimande-t-il pour faire semblant, en se réajustant. Tu as changé.

— Pas du tout, je réplique. Je suis toujours la même personne que tu as ramassée sur le béton lors de la manifestation. Je suis juste plus honnête sur ce que je veux.

Son regard affamé me parcourt. — Et qu'est-ce que tu veux ?

Je prends ça comme un signal. Je me retourne et passe ma jambe par-dessus ses genoux pour me retrouver à califourchon sur lui.

— Je veux ce que j'ai toujours voulu. Atteindre zéro émission nette de carbone. Arrêter la destruction de la forêt amazonienne. Cesser de polluer les océans et le ciel. Soulager la souffrance. Soutenir les personnes et les animaux vulnérables...

— Et ?

— Et me faire baiser jusqu'à en perdre la raison par toi à chaque occasion et dans tous les lieux possibles, y compris ton bureau de grand luxe.

— Mon Dieu, dit Alistair en souriant. Il me presse les fesses. Je ne sais pas ce qui t'est arrivé.

— Mais tu adores ça, je dis.

— C'est un euphémisme.

Je fais pivoter mes hanches, sentant son sexe durcir contre mon pubis. J'appuie mon front contre le sien, nos nez se touchent, et il m'embrasse longuement et profondément.

— D'accord alors, murmure-t-il. Tu peux venir travailler avec moi.

— Excellent, je chuchote.

— Tu maîtrises certainement l'art de demander quelque chose.

— Puisque je t'ai dans cette humeur... réceptive, dis-je.

Alistair me regarde avec suspicion. — Mmm-mmm ?

— Je me demandais... je continue la friction, encerclant son sexe, le tissu de nos vêtements frottant l'un contre l'autre.

Il soupire et rejette sa tête en arrière. — Tu te rends compte que j'accepterais n'importe quoi en ce moment ?

Je glousse. — Si facile à manipuler.

— J'aimerais que tu me manipules toute la journée.

— Attention à ce que tu souhaites, je réponds.

— Qu'est-ce que *toi* tu souhaites ?

— Je sais que j'ai déjà ta carte de crédit—

— Que tu n'utilises jamais. On doit vraiment travailler là-dessus. Si tu ne commences pas à l'utiliser, je pense que je vais devoir te punir.

— Oh, dis-je avec un sourire narquois. Comment ?

— En t'achetant des bijoux ostentatoires. Des diamants de sang.

— N'ose même pas, je lui dis.

— Je t'ai interrompue. Toutes mes excuses. Continue, je t'en prie.

— Tu sais que j'adore quand tu me donnes ces enveloppes d'argent liquide.

— Ah. Je t'en dois encore deux depuis mon séjour à Moscou.

— Mais j'en veux plus, dis-je.

Alistair sourit et fronce les sourcils en même temps. — Je n'ai aucune idée de qui tu es ni de ce que tu as fait de la vraie Ivy Mickelson.

Je commence à rougir à cause des signaux que m'envoie mon clitoris. Je respire avec l'énergie sexuelle qui irradie dans mon bassin. Cela ne passe pas inaperçu.

— Tu es tout pour moi. Ce qui est à moi est à toi. Dis-moi comment te le donner comme tu l'aimes.

— Tu fais en sorte que tout sonne si terriblement sexy, je chuchote.

— Seulement parce que tu es dans mon orbite, répond-il. D'habitude, je suis chaste.

Je souris. Il raconte n'importe quoi. — Chaste ? je murmure en lui mordillant l'oreille.

— Je suis pratiquement un incel.

Je ricane et commence à déboucler sa ceinture. — Voyons à quel point tu es chaste, alors.

Alistair m'arrête. Je suppose qu'il y a une première fois à tout. — Dis-moi ce dont tu as besoin de ma part.

Comme je ne réponds pas, il insiste. — Combien, Ivy ? Je peux donner des instructions à mon gars tout de suite et tu l'auras dans quelques minutes.

La limousine ralentit jusqu'à s'arrêter. Nous sommes à l'hôpital.

Je lance à Alistair ce que j'espère être une expression sensuelle. — On dirait qu'on devra finir ça plus tard.

CHAPITRE 15
Jézabel au cœur pur

ALISTAIR

Aussi difficile que ce soit de quitter la cabane, je me traîne hors de la limousine et prends la main d'Ivy. Je ne sais pas ce qui lui prend aujourd'hui, mais je ne vais pas le tenir pour acquis, et je ne veux certainement pas manquer les pensées salaces qui lui traversent l'esprit. Quant à son désir d'argent de ma part, je suis plus qu'heureux de lui en donner. Elle ne demande pas grand-chose, même si elle mérite tout. C'est évident pour tous ceux qui la rencontrent qu'elle n'est pas du genre à s'intéresser aux produits de luxe — l'argent représente la sécurité pour elle, et si quelqu'un mérite de se sentir en sécurité, c'est bien Ivy Mickelson. De plus, d'un point de vue complètement égoïste, j'ai appris que plus les femmes se sentent en sécurité avec moi, plus elles s'ouvrent à tous les niveaux, ce qui donne le meilleur type de sexe qui soit. Les bien-pensants pourraient juger cela comme transactionnel, mais je m'en fous royalement. Et je continuerai à m'en foutre tant que j'aurai la chance d'avoir Ivy dans ma vie et dans mon lit. Ma Jézabel au cœur pur.

Aller directement dans la chambre d'Ariana est tentant, mais Ivy et moi convenons de voir d'abord Jamie puisque sa famille est là — et j'ai secrètement organisé une rencontre avec eux. Je vois mon contact assis dans la salle d'attente confortable et je le présente à Ivy.

— Voici Keith, lui dis-je. Il a trouvé un endroit possible pour Jamie.

Keith hoche la tête. Il porte des lunettes rondes excentriques et a une très belle peau.

— C'est un endroit formidable, dit-il en acquiesçant. Une lumière extraordinaire. Beaucoup d'espace. Tout est magnifiquement fini. Il peut être prêt dans trois semaines.

Quand il montre à Jamie et aux Mickelson la brochure qu'il a apportée, ils poussent des *oh* et des *ah* admiratifs.

Mme Mickelson semble un peu impressionnée, tenant sa main sur sa poitrine et tripotant le collier bohème qu'elle porte.

— C'est un peu trop, non ?

Keith fronce les sourcils. Ses clients habituels ne disent manifestement pas des choses comme *C'est un peu trop.*

— Pas vraiment, maman, dit Ivy, surprenant tout le monde. Je veux dire, c'est deux fois la taille de son ancien appartement, mais ce n'est pas difficile. Et la chambre d'amis sera utile si nous voulons y passer la nuit. Et ça a l'air immense à cause des plafonds hauts et de toute cette merveilleuse lumière.

— La lumière est importante pour un artiste, ajoute Jamie, pesant ses mots.

Keith hoche la tête.

— En effet.

— Eh bien, ce n'est pas à nous de décider de toute façon, n'est-ce pas ? déclare le père d'Ivy. C'est la décision de Jamie et Alistair.

Je souris à Jamie.

— Qu'en penses-tu ?

L'expression de Jamie est sérieuse.

— La lumière est très bonne, répète-t-il. Je n'ai jamais vu un vrai studio comme ça.

— Je ne t'ai pas encore dit le meilleur, dis-je.

Ses yeux s'écarquillent encore plus que lorsqu'il a vu la brochure pour la première fois.

— C'est beaucoup plus près de nous et de tes parents, donc les visites seront plus faciles. Et il y a un bois juste à côté. Probablement avec des écureuils, bien que je ne puisse rien promettre. Donc tu perds la plage, mais tu gagnes une forêt.

— Je n'ai jamais beaucoup aimé la plage, ment Jamie, puis il nous offre un sourire éclatant.

— Excellent, dis-je en lui serrant la main, puis celle de Keith.

Je m'éloigne pour signer les papiers pendant qu'Ivy

rattrape le temps perdu avec ses parents, puis nous prenons une profonde inspiration. Il est temps de voir Ariana.

Ivy m'arrête dans le couloir sur notre chemin. Furtivement, elle regarde de haut en bas, puis m'embrasse. Légèrement d'abord, puis, alors que nous ressentons tous deux les étincelles, plus profondément. Nous restons là comme des amoureux de lycée, en train de nous embrasser.

— Tu me fais sentir comme si j'avais seize ans, dis-je.

Ivy glousse.

— Des hormones en ébullition et un esprit obsédé par une seule chose ?

— Je n'aurais pas pu mieux le résumer moi-même.

— Mon Dieu, j'aurais aimé qu'on se rencontre quand on était ados. Tu m'aurais épargné une décennie de sexe médiocre et rare.

— Si je t'avais connue à cet âge, cela aurait été dangereux pour nous deux. On aurait fait l'amour toute la journée en oubliant de manger ou de dormir.

— Et le problème avec ça serait... ? me taquine-t-elle.

— Aucun problème. Aucun du tout. À part notre inévitable disparition, bien sûr.

Ivy hausse les épaules.

— La faim ferait ça. Mais ce ne serait pas une *mauvaise* façon de partir.

— La meilleure façon de partir, suis-je d'accord.

Ses yeux pétillent malicieusement.

— La mort par orgasme.

Quand nous entrons dans la chambre d'Ariana, son teint est bien meilleur, mais son expression est toujours froide. Je n'arrive pas à m'habituer à cette version de ma sœur. Celle que j'ai connue en grandissant était affectueuse et gentille à l'excès. J'ai déjà fait mon deuil pendant si longtemps, mais une nouvelle vague de chagrin me frappe en pleine poitrine quand je pense à tout le temps que nous avons perdu.

— Ariana, dis-je, essayant de forcer la bonne humeur malgré l'épaisseur dans ma gorge. Comment vas-tu ?

— Tu as l'air mieux, dit Ivy.

— Ne m'appelle pas comme ça, dit-elle en détournant le regard.

Ivy s'arrête net.

— Comment devons-nous t'appeler ?

— Je préférerais qu'on ne se parle pas du tout, pour être honnête. Mais si vous insistez, vous pouvez m'appeler Ari. Je ne suis plus Ariana depuis que je suis enfant. Ariana est une personne différente.

Je soupire audiblement.

— D'accord, répond Ivy. Elle prend le même siège dans le coin que précédemment, pour donner un peu d'espace à Ariana et moi.

— Mère est-elle venue ce matin ? je demande.

— Oui, dit Ariana en croisant les bras. Je lui ai dit la même chose.

Je ne vais pas le prendre personnellement. Je me rappelle qu'elle a été endoctrinée pendant des années. Je ne peux même pas imaginer ce qu'elle a traversé, mais je sais qu'elle a besoin de nous maintenant plus que jamais.

— Y a-t-il quelque chose dont tu as besoin ? Quelque chose que nous pouvons t'apporter ?

— Ce dont j'ai *besoin*, c'est de sortir d'ici, dit-elle sèchement.

— Aria... Ari. Tu as failli mourir. Laisse-les juste prendre soin de toi encore un peu, d'accord ?

Comme elle ne répond pas, je continue.

— Tu as vécu une période torride. Maintenant tu peux te reposer. Laissons la poussière retomber avant de prendre des décisions.

— *Nous* n'allons prendre aucune décision, répond-elle. Je sortirai bientôt, et je continuerai ma vie comme prévu.

— Qui est ? je demande. Quel est ton plan ?

— Ce ne sont pas tes affaires, siffle-t-elle.

Je peux sentir la colère émaner d'elle. Ont-ils vraiment pu l'empoisonner à ce point contre sa propre chair et son propre sang ? Clairement, oui.

— Nous allons les voir maintenant, dis-je. Le reste de la famille. Nous allons au manoir.

— Tu sembles me confondre avec quelqu'un qui en a quelque chose à foutre.

Je jette un coup d'œil à Ivy, qui reflète mon désarroi, puis je me retourne vers ma sœur hérissée.

— Le Dr Sandringham a trouvé un endroit vraiment charmant pour que tu puisses récupérer une fois que tu sortiras d'ici.

— Je n'y vais pas, insiste Ariana. Et tu es dérangé de penser que je pourrais y aller.

— Mais, Ari...

— Je ne vais pas dans ta putain de retraite de secte cinq étoiles, Alistair, aboie Ariana. J'ai vu le site web. Ton charlatan de psy me l'a montré. Est-ce que j'ai l'air d'avoir besoin de cours de poterie et de conneries de thérapie équestre ? Tu vis dans un putain de monde de rêve. Et tu penses que c'est moi qui suis délirante !

Malgré son venin, je reste calme.

— Premièrement, le Dr Sandringham n'est pas une charlatane. C'est une psychologue estimée qui a aidé des centaines de personnes. Deuxièmement, si la retraite ne te plaît pas, nous t'en trouverons une autre.

— Tu n'écoutes pas, dit Ariana dans un dangereux murmure. Je ne vais pas dans ton foutu asile préapprouvé.

Je lève les mains pour mettre en pause cette histoire d'asile.

— Où choisirais-tu d'aller ?

Elle me regarde comme si j'étais complètement fou.

— Je rentre à la maison. Évidemment.

Je m'étouffe avec un rire amer.

— À la maison ? Les De Lucas ? Tu plaisantes.

— Je rentre chez moi, auprès de Sebastian.

Je ne peux pas dissimuler l'incrédulité dans ma voix.

— *Sebastian ?*

Ariana fait la moue et regarde le plafond.

— Sebastian ? j'insiste. Le même Sebastian qui est

resté à la maison pendant qu'il t'envoyait assassiner ta propre famille ?

— Vous n'êtes pas *ma famille*, hurle-t-elle. Sebastian est ma famille !

Ivy se lève, raclant sa chaise de façon inhabituelle.

— Allons prendre un café.

Je sais ce qu'elle veut vraiment dire : *partons pour nous calmer et désamorcer la situation*. Mon adrénaline pompe, et mon instinct est de terminer cette conversation brutale, mais je sais qu'elle a raison. J'acquiesce, et elle adresse à Ariana un sourire crispé en guise d'adieu alors que nous sortons.

CHAPITRE 16
Combattants

IVY

Je laisse à Alistair un moment pour se calmer et rassembler ses pensées. Je peux sentir sa frustration. Je tiens sa main et j'attends qu'il commence à parler, mais tout ce qu'il fait, c'est secouer la tête.

Finalement, il explose. — Tu y crois, toi ?

Je prends une profonde inspiration et secoue la tête. — Honnêtement ? Non.

C'est évident pour un observateur ce qui se passe, mais la pauvre Ariana est tellement endoctrinée.

— Ils l'ont *enlevée*, grince-t-il. Ils ont tué Henderson père et laissé Harry pour mort. Comment peut-elle savoir tout ça et leur rester loyale ?

— Sandringham a dit que c'était incroyablement complexe, et particulièrement impossible à comprendre si on n'est pas à sa place.

Il ferme les yeux comme s'il souffrait. — Mais c'est *Ariana*. Courageuse, aimante, gentille Ariana.

Pas en ce moment, elle ne l'est pas. Elle a été plutôt féroce avec Alistair – comme le sont les animaux pris au piège.

— On va l'aider, dis-je. On va retrouver Ariana, celle dont tu te souviens.

Alistair s'arrête et scrute mon regard. — Tu le penses vraiment ? Tu crois que c'est possible ? Elle semble telle-ment... irrémédiablement... perdue.

— J'en suis sûre, je réponds. Cette petite fille que tu as perdue est toujours là, à l'intérieur. Elle se cache, c'est tout. C'est ce que fait le traumatisme. Nous devons lui montrer qu'elle peut sortir en toute sécurité. Je prends une respiration. Se battre ne va pas y contribuer.

Alistair se frotte l'arrière de la tête. — Je ne voulais pas être conflictuel. Honnêtement, c'est la dernière chose que je voulais.

— C'est seulement parce que tu tiens tant à elle. La situation est... incroyablement troublante et frustrante. Mais ça ne sera pas toujours comme ça.

— C'est juste que... il soupire. Je ne comprends pas comment elle peut les considérer comme sa *famille*.

— Je sais que c'est vraiment difficile à concevoir, mais je le comprends parce que, d'une certaine façon – d'une manière beaucoup moins intense – j'étais dans la posi-tion d'Ariana. Je continuais à retourner vers Jeff même après qu'il m'avait fait du mal. Et je n'avais aucune des attaches qu'Ariana a avec les De Luca. Je ne dépendais pas financièrement de Jeff. Pourtant, je continuais à y retourner.

J'avais l'habitude de me détester pour ça. Je me considère comme indépendante et intelligente, et pourtant j'agissais comme une parfaite idiote. Je me disais que j'étais faible, pathétique.

— Parce qu'il te manipulait, dit Alistair.

Je vois une lueur de fureur dans ses yeux même si Jeff est mort et qu'il s'en est assuré lui-même. — Oui, j'acquiesce. Et aussi à cause du traumatisme affectif. Je peux te dire que c'est réel. Mais j'ai finalement réussi à m'en sortir et Ariana y arrivera aussi. Et nous allons faire tout notre possible pour l'aider.

Il prend une profonde inspiration et me serre contre lui. — D'accord, murmure-t-il dans mes cheveux, et je sens ses muscles se détendre. D'accord.

— D'accord, je répète, sentant son corps se relâcher un peu plus. Prêt à retourner la voir ?

Quand nous arrivons à la porte d'Ariana, elle est fermée, et une infirmière monte la garde. Mon cœur fait un bond, et Alistair lâche ma main.

— Tout va bien ? je demande.

— Oui, ma chérie. Ils auront juste besoin d'une minute.

— Qui est là-dedans ? exige Alistair, scrutant la carte d'identité de l'hôpital épinglée à son uniforme. Toujours vigilant – personne ne pourrait lui en vouloir, avec ce qu'il a vécu.

L'infirmière est déconcertée par son ton et balbutie une réponse. — C'est le Dr Chatterjee.

Quand Alistair fait un pas vers la porte fermée, l'infirmière lui barre le chemin. Je suis assez impressionnée par son courage. Il est grand, musclé, d'une beauté à couper le souffle, et elle ne se laisse pas faire. Elle fait à peine un mètre vingt et parvient quand même à afficher une figure d'autorité.

— Encore quelques minutes, monsieur, dit-elle, obligée de lever le menton pour le regarder dans les yeux.

Je peux imaginer les pensées paranoïaques qui traversent l'esprit d'Alistair : que Sebastian est là pour l'enlever à nouveau, que les Russes ont envoyé un assassin, qu'Ariana a soudoyé l'infirmière pour nous tenir à l'écart pendant qu'elle s'enfuit. Il prend une respiration et décide de reculer, et nous sommes contraints d'attendre quatre minutes interminables avant que la poignée ne tourne et qu'un médecin sorte. Son visage s'illumine quand elle nous voit.

— Oh ! s'exclame-t-elle avec surprise. Je ne savais pas qu'il y avait des visiteurs. Bonjour et bienvenue, sourit-elle. Elle fait une note rapide sur sa tablette. Mademoiselle De Luca se porte très bien.

À son crédit, Alistair ne perd pas complètement son sang-froid. *Mademoiselle De Luca*. Faisant preuve d'une remarquable retenue, il hoche la tête vers le médecin et s'éclaircit la gorge. — C'est bon à entendre.

— Vous pouvez entrer, dit-elle en indiquant l'intérieur, toujours souriante. Je suis sûre qu'elle sera ravie de vous voir.

Je remarque son badge d'identification.

Dr Suhana Chatterjee, OBSTÉTRIQUE-GYNÉCOLOGIE.

Dans ma tête, un drapeau rouge se dresse si vivement qu'il aurait aussi bien pu faire un bruit de « *boïng !* »

Maintenant, pourquoi, je réfléchis lentement et soigneusement, *Ariana aurait-elle besoin d'un obstétricien ?*

Oh mon Dieu, oh mon Dieu. Les choses vont devenir SÉRIEUSES.

La porte gardée a du sens maintenant, parce qu'on a besoin d'intimité quand on subit une échographie transvaginale. Et pratiquement la seule raison pour laquelle on aurait besoin d'une échographie transvaginale en dehors d'un cabinet gynécologique est –

— La maman et le bébé se portent très bien, rayonne Chatterjee. Ce sont tous les deux des combattants !

CHAPITRE 17

Retraite de Secte Cinq Étoiles

ALISTAIR

Malgré la bombe qui vient de me faire exploser le cerveau, je me sens étrangement calme. Ivy me regarde comme si j'étais un engin explosif non désamorcé. Peut-être que je le suis.

Je remercie la médecin et me dirige à grands pas vers la chambre d'Ariana, où elle me dévisage avec des yeux étincelants et défiant.

Merde à tout ça.

Merde à éviter la confrontation.

Merde à Ari.

— Laisse-moi bien comprendre. Mon élocution est lente et claire, mon ton glacial. Un lac calme et gelé. Tu n'es pas seulement venue dans notre maison familiale pour nous tuer — *pour tuer ta propre mère et ton père et tes frères et sœurs* — mais tu l'as fait en risquant non seulement ta propre vie, mais aussi celle de *ton bébé*.

La bouche d'Ariana n'est plus qu'une petite entaille. L'étincelle s'éteint, et son visage commence à se décomposer.

Je me répète. *Ton. Propre. Bébé.*

Ses yeux s'emplissent de larmes, et elle secoue la tête. — Je ne savais pas, marmonne-t-elle. Je ne l'ai su qu'hier.

— Qui es-tu ? je demande.

— Je suis une De Luca, répond-elle. Je suis Ari De Luca.

Je sens la violence imminente. Mon calme ne peut pas continuer, pas en sa compagnie, en tout cas. Je sors précipitamment avant de dire quelque chose que je regretterai. J'appelle Sandringham, mes doigts semblant gros et engourdis tandis que je fais défiler pour trouver son nom.

— Êtes-vous près de l'hôpital ? j'exige.

— Non, répond la psychologue. Mais je peux y être. Y a-t-il une urgence ?

Je soupire et me pince l'arête du nez. — Une urgence ? Non. Juste un... développement.

— J'ai des rendez-vous dos à dos jusqu'à quinze heures. Je viendrai dès que possible. Si vous avez besoin de moi plus tôt — si cela devient une urgence — faites-le-moi savoir et je réorganiserai.

— Merci.

— Il me reste encore deux minutes avant ma prochaine réunion. Vous voulez discuter ?

Je jette un coup d'œil à ma montre. — Je ne veux pas

m'imposer. Votre emploi du temps...

— Ça me fait plaisir de discuter. Comment va Ariana ?

— Elle est... enceinte.

Un silence stupéfait s'installe. — Oh.

— Oui. Elle ne le savait pas jusqu'à hier. Ils viennent juste de vérifier l'état du bébé et tout va bien.

— D'accord, dit Sandringham. Je suis sûre que c'est un peu un choc pour tout le monde.

— On peut dire ça.

— Je trouve ça extrêmement préoccupant, pour être honnête. Je suppose que Sebastian est le père ?

— Je n'ai pas demandé, mais je dirais que c'est fort probable.

Dr Sandringham soupire. — Cela va rendre nos tâches beaucoup plus difficiles. Non seulement nous ajoutons un élément sexuel à la manipulation, possiblement un élément d'amour romantique, mais Ariana fait littéralement partie de la famille De Luca maintenant. Ce n'est plus juste de la psychologie, c'est du sang.

— Oui, dis-je, l'estomac se retournant à cette pensée.

— L'affaire était complexe dès le départ, mais maintenant... maintenant Ariana ressentira une nouvelle et intense envie de rejoindre ses ravisseurs. Ce n'est plus à propos de ce qui s'est passé dans le passé. C'est à propos de ce qui se passe maintenant.

— Je suis perdu là, j'admets. Pouvez-vous me conseiller un plan d'action ?

— Le plan d'action reste le même, répond-elle avec

conviction. Mais maintenant c'est urgent. Vous devez la faire entrer dans un établissement maintenant.

Ce qu'elle ne dit pas, mais que j'entends quand même : *ou risquer de la perdre pour toujours.*

Je n'ai pas besoin d'encouragement supplémentaire. Je cours vers la chambre d'Ariana, où elle et Ivy discutent tranquillement. J'aperçois un aperçu de comment les choses auraient pu être si Ariana ne nous avait pas été enlevée, avec elle et Ivy étant de grandes amies et appréciant passer du temps ensemble.

— Très bien, j'annonce. Nous avons un plan. Je vais devoir l'enjoliver un peu.

— Ah bon ? dit Ivy, semblant surprise. Je ne l'avais pas consultée.

— Je viens d'être au téléphone avec Sandringham. Elle a dit que nous allions accélérer ton départ d'ici.

Ariana se redresse, l'amertume s'estompant. — Vraiment ?

— Tu passeras quelques jours relaxants à la « retraite de secte cinq étoiles » — c'est bien comme ça que tu l'as appelée ? — puis tu décideras de ce qui vient après.

— Non, crache-t-elle.

Je serre les dents. — Ari. Écoute-moi, s'il te plaît. Juste quelques jours de pédicures et de chevaux à nourrir avec des carottes ou je ne sais quoi. Ce sera un excellent moyen pour toi de... convalescence.

— Je n'ai pas besoin de *convalescence*, siffle-t-elle. J'ai besoin de retourner auprès de Sebastian.

— Pourquoi ? je demande. Et... où est-il ? A-t-il même pris de tes nouvelles depuis que tu es ici ?

— Comment est-il censé faire ça ? demande-t-elle. Il ne sait pas que je suis ici. Il ne sait même pas si je suis vivante ! Je suis prisonnière ici.

— Ariana ! je la réprimande.

— Ne m'appelle pas comme ça ! crie-t-elle en retour.

— Tu n'es pas *prisonnière* ici. Tu étais sur le point de *mourir* et Ivy, je pointe violemment dans la direction d'Ivy. Ivy t'a sauvé la vie. Ensuite les chirurgiens t'ont réparée. Qu'aurais-tu voulu qu'on fasse ? Te laisser te vider de ton sang sur le sol de la panic room ? La panic room où *tu* as fait effraction pour *tuer ta propre famille ?*

J'ai envie de crier VA TE FAIRE FOUTRE, mais je me retiens.

Prisonnière. Franchement.

— Oui ! crie-t-elle. J'aurais préféré ça !

Je place la paume de ma main sur mon front et ferme les yeux. Je me dis de rester calme. Je me rappelle qu'elle ne sait pas ce qu'elle dit. Qu'elle n'est pas elle-même. Mais bon sang, ce n'est pas facile.

— Ariana, j'essaie à nouveau. Plus de fioritures. Plus d'enjolivements. Tu n'es pas actuellement saine d'esprit.

— Va te faire foutre ! hurle-t-elle.

Je pensais que ça ferait mal, mais ça glisse comme une flèche sur une armure. Si Ariana veut jouer dur, je suis prêt.

— Étant donné que tu ne peux pas être fiable pour prendre les bonnes décisions pour toi ou ton bébé en ce moment, je vais t'interner dans l'établissement que ta psychologue recommandera, que tu le veuilles ou non.

— Tu ne peux pas faire ça, crie-t-elle. J'ai des droits !

J'ai envie de frapper quelque chose. À la place, je serre les doigts en poings.

— Tu as perdu tes droits quand tu as franchi nos murs et attaqué ma famille avec des armes semi-automatiques. Si nous n'avions pas pris soin de toi, si nous ne t'avions pas évacuée médicalement, tu serais morte ; ton bébé serait mort. Ou en prison. Tu donnerais naissance à ce bébé en prison. C'est ce que tu veux ?

Ariana ricane. — Les De Lucas avaient raison à votre sujet.

— Raison sur quoi ? je demande. Que nous nous soucions de toi ? Que nous voulons faire ce qui est le mieux pour toi ?

— Que vous êtes maléfiques !

Je ne peux m'empêcher de ricaner à ça. — Maléfiques ? je demande. Vraiment ?

— Oui ! crie Ariana. Maléfiques ! Et que vous devez tout contrôler ! De la putain de ligne de train Granite au coût du marché de la cocaïne jusqu'aux corps de vos femmes ! Eh bien, vous ne pouvez pas me contrôler, parce que je ne suis pas votre propriété. Son visage est mouillé de larmes. Je suis une *De Luca.*

Je veux frapper quelque chose. Non, je veux frapper ce putain de Sebastian De Luca. Je fais les cent pas et grogne. — Ivy. Penses-tu que tu peux faire entendre raison à cette femme ?

Ivy me regarde avec des yeux doux et une expression d'excuse. — Je ne peux pas.

— Quoi ? je réponds. Ça sort plus durement que je ne le voulais.

— Je suis désolée, Alistair. Je ne peux pas. Je ne pense pas que nous ayons le droit de forcer Ari à faire quoi que ce soit. C'est une femme adulte.

— Oh mon dieu ! je fume. Je ne savais pas que le syndrome de Stockholm était putain de contagieux.

Ivy grimace, mais ma colère endurcit mon cœur envers elle.

— Eh bien, l'est-il ? je demande. Tu sais qu'elle est sous l'emprise des De Lucas. Qu'elle est leur pion. Qu'ils ne se soucient pas d'elle. Qu'elle a littéralement essayé de nous assassiner. Je me frotte les cheveux avec les jointures. — Ivy ! Cette balle a manqué ta tête *d'un centimètre.* Un centimètre. Et tu dis que nous devrions lui faire confiance pour prendre la bonne décision ? *Vraiment ?*

Ivy plisse les yeux vers moi. Elle me regarde d'une nouvelle façon que je déteste — un mélange de déception et de tristesse. Sa voix est douce, mais elle tient bon. — Nous pouvons dire à Ari ce que nous ferions, et les médecins peuvent donner leurs opinions, mais au final, à moins que tu ne portes plainte, ta sœur a le droit de décider. Sa vie, son corps, son bébé.

— Elle est dérangée ! je crie, faisant un geste de la main plate vers mon impossible sœur.

Ivy tressaille comme si je l'avais giflée. Ses yeux se tournent vers la sortie, un instinct de fuite. Je me sens terrible. Il y a la colère, et puis il y a l'abus, et avec le passé d'Ivy, je dois être particulièrement prudent pour rester du bon côté de cette ligne.

Je secoue la tête. — Je suis désolé. Je prends une profonde respiration et l'expire lentement.

— C'est bon, répond-elle, toujours gracieuse même si je peux encore voir la douleur dans ses yeux. Tu es seulement en colère parce que tu tiens tellement à elle. Elle se tourne pour faire face à Ariana. Ta famille — les Ravenscroft — n'a jamais cessé de t'aimer. Jamais. Peu importe ce qu'on t'a dit, peu importe ce que tu crois actuellement, ils n'ont *jamais cessé de t'aimer.*

Je hoche la tête et saisis la barre inférieure du lit. Mes jointures deviennent blanches. — Nous ne pouvons pas te perdre à nouveau, Ari. Nous ne pouvons pas.

CHAPITRE 18
Armée d'un parapluie

IVY

Je me retrouve seule dans le couloir. J'ai envie de fondre en larmes, mais je me retiens. Alistair ne m'a jamais parlé comme ça auparavant. Mon cœur me fait mal, et la boule dans ma gorge m'empêche de faire confiance à ma voix. Mon intuition ne me lâche pas, m'imposant des images mentales du visage rouge, veiné et hurlant de Jeff.

C'est comme ça que ça a commencé avec Jeff.

C'est comme ça que ça a commencé.

Les insultes sont venues plus tard, une fois qu'il a compris que je resterais même s'il me criait dessus. Après les insultes est venue la gifle, puis les coups de poing. Menace après menace, toujours plus graves.

— Ivy, dit Alistair derrière moi, et je sursaute. J'étais tellement perdue dans mes pensées que je n'avais pas entendu ses pas. Je me retourne brusquement, la main sur la poitrine. Est-il encore en colère contre moi parce que je ne l'ai pas soutenu ? Il est si grand et si fort, je me sens comme une souris. Mon anxiété monte en flèche, mon cœur bat la chamade.

Dis quelque chose ! me hurle mon intuition. *Tu ne peux pas le laisser te parler comme ça. N'établis pas ce dangereux précédent.*

Mais je ne veux rien dire. Je ne veux pas plus de conflit. Je veux revenir à il y a une demi-heure quand nous étions fous amoureux et qu'il ne m'avait jamais crié dessus. Je veux combler cette nouvelle fissure douloureuse dans notre relation et faire comme si rien ne s'était passé.

Comme je l'ai fait avec Jeff.

Comme je l'ai fait avec d'autres petits amis avant lui pour maintenir la paix.

Comme si leur paix était plus importante que la mienne.

Non.

— Tu n'as pas le droit de me crier dessus comme ça, dis-je doucement. Trop doucement. Je retiens mes larmes. J'avale ma salive et réessaie, plus fort. — Alistair, tu n'as pas le droit de me crier dessus comme ça.

— Ivy, dit-il, son regret évident. Je suis vraiment désolé.

C'est alors que je vois les fleurs qu'il tient. Leur parfum sucré me donne la nausée.

Mon intuition insiste pour que nous réglions ce problème. C'est comme avoir une Becks moins vulgaire dans ma tête. *Sois honnête,* me dit-elle, *ou risque ton intégrité personnelle et l'intégrité de ta relation.* Je rassemble mon courage.

— C'est ce que Jeff disait toujours, lui dis-je d'une voix tremblante.

Il recule. — Je ne te ferais jamais de mal, Ivy. Jamais.

— Trop tard, répondé-je.

— S'il te plaît, pardonne-moi. S'il te plaît, prends ça, essaie-t-il en me tendant l'énorme bouquet de roses crème.

Je ne les prends pas. — Jeff m'achetait des fleurs après m'avoir frappée, dis-je.

— Je ne suis pas Jeff. Je ne te frapperai jamais.

— Ce n'est pas suffisant. Ne pas me frapper n'est pas suffisant. Je ne resterai pas avec un homme qui me traite comme tu l'as fait là-bas. Qui me crie dessus.

— Bien sûr, insiste-t-il. Bien sûr que non. Tu mérites mieux que ça. Mieux que moi.

— Ce n'est pas ce que j'ai dit.

— C'est pourtant vrai. Je sais que je ne suis pas assez bien pour toi. Je le sais depuis que je t'ai vue à cette manifestation. Mais ça ne m'empêchera pas de te désirer. De t'aimer. Tu me donnes envie d'être une meilleure personne.

— Eh bien, ça ne fonctionne pas, répliqué-je. Sa grimace me fait mal.

Pour la première fois dont je me souvienne, je n'ai pas envie d'être en compagnie d'Alistair. — Je vais faire un tour.

— Je viens avec t—

— Seule. J'ai besoin de réfléchir.

— Ivy. Ne pars pas, supplie-t-il. Il met les fleurs dans mes mains et referme mes doigts sur les tiges. Je ne résiste pas. Je tourne les talons et quitte le hall, jetant le bouquet dans une poubelle près de la porte.

Je sors de l'hôpital et marche sans but, inconsciente de ma direction. Le ciel s'ouvre et me trempe. Je lève le poing vers les nuages. Clairement, ils sont du côté d'Alistair. La dernière fois que nous nous sommes disputés, le résultat a été torrentiel. Note pour plus tard : quand on se dispute avec Alistair, venir armée d'un parapluie. Il est difficile d'avoir l'air d'une femme qui ne se laisse pas marcher sur les pieds quand on ressemble à un rat noyé.

Et merde, pensé-je, continuant simplement à marcher. Quand on atteint le pic de saturation, on ne peut pas être plus mouillé, alors autant continuer. Je vais considérer ça comme une purification. Que la pluie emporte le nœud dans mon estomac et la douleur dans mon cœur.

Mon intuition est silencieuse maintenant, ou peut-être juste noyée par l'averse. Je canalise Becks à la place. Que dirait-elle ?

St. Ives, ma chérie, à quoi t'attendais-tu ?

Non, argumenté-je avec la version fantôme de ma meilleure amie. Ce n'est pas juste. Alistair n'a jamais montré le moindre signe de violence envers moi, jamais.

Sa vraie personnalité, pourtant.

Encore une fois, injuste.

N'est-il pas une figure redoutée de la mafia londonienne ?

D'accord, je n'apprécie pas du tout ce dialogue intérieur.

Alors dis-le comme ça, dit Becks imaginaire. *Ignore le fait que tu sors avec un homme violent, puissant et moralement ambigu.*

Quand tu le présentes comme ça...

Alors la question demeure. À quoi t'attendais-tu ? Et par là, je veux dire, pensais-tu que vous ne vous disputeriez jamais ? Pensais-tu qu'il serait parfait en tout point ?

Il ne peut pas être si autoritaire. Ariana a besoin d'être guidée avec amour, pas par la force.

Ivy, espèce de salope sexy ! Arrête de te mentir. Tu ADORES qu'il soit si dominateur. Ça te fait te sentir en sécurité.

Beurk. Ça ne marche pas. J'ai besoin de la vraie Becks. Je l'appellerais si la pluie n'était pas si bruyante – et si mon téléphone était étanche. Je pourrais peut-être me réfugier dans un café, pensé-je, mais il n'y en a aucun en vue.

Alors je continue à marcher sous la pluie, boudeuse, une chanson de Snow Patrol en boucle dans ma tête. Quand je commence à frissonner, je me dis qu'il vaudrait mieux prendre un taxi pour rentrer. J'essaie d'en héler un, mais il passe à toute vitesse, m'aspergeant d'eau boueuse. J'ai envie d'enlever mes chaussures ruinées et de les lancer sur sa lunette arrière, mais je me retiens. Ce n'est pas la faute du chauffeur si j'ai besoin d'une arche de Noé.

J'abandonne ma lutte. Je ferme les yeux et reste là, le

visage tourné vers le ciel gris et pleurant, sentant les gouttes tomber sur mon visage. Une averse me coupe le souffle. Une purification ; une onction ; un baptême.

Quand je rouvre les yeux, une limousine d'apparence familière s'arrête, et Alistair en sort d'un bond pour venir me chercher.

— Ivy ! s'exclame-t-il, fronçant les sourcils à la vue de mes mains glacées.

Il me fait monter à l'arrière du véhicule pendant que Macavoy me tend une couverture depuis l'avant. Je suis sur le point de lui demander comment il m'a trouvée, mais bien sûr, il y a un traceur sur mon téléphone.

— Je sais que tu veux être seule, mais j'ai commencé à m'inquiéter. Est-ce que ça va ?

Je hoche la tête. Je frissonne. — Merci d'être venu me chercher. J'essayais d'attraper un taxi.

— Tu es gelée ! Pauvre petite. Il m'enlève mon gilet trempé et m'enveloppe étroitement dans la couverture douce, puis m'attire contre lui de sorte que je suis pratiquement assise sur ses genoux. Il m'entoure de ses bras forts et je me sens si petite, et si protégée.

— On va te ramener à la maison et te sécher, dit-il. Je vais te préparer un chocolat chaud.

Je me blottis contre lui, adorant la sensation de sa peau chaude contre la mienne. Je me sens vide à l'intérieur, et je n'ai pas envie de parler. Dans un accord tacite, nous voyageons en silence tandis qu'Alistair me tient serrée contre lui et que ma chaleur revient lentement.

CHAPITRE 19

La Promenade était la Pluie

ALISTAIR

Je me sens tellement mal. Voir Ivy debout là, seule sous le déluge, comme si tout espoir l'avait quittée. Je n'oublierai jamais cette image. Bordel, je suis vraiment un connard. Quand nous arrivons à la maison, je l'installe dans un bain chaud avec de la musique et des bougies parfumées. Je lui apporte un chocolat chaud avec une dose de Baileys. Elle me remercie mais reste silencieuse. Je m'agenouille à côté de la baignoire, prends une éponge de mer et commence à lui laver le dos, pressant l'eau chaude encore et encore. Elle avait déjà cessé de trembler dans la voiture, mais je ne serai satisfait que lorsqu'elle rayonnera de chaleur. Je ne veux pas la forcer à parler, alors j'attends. Nous passons bien dix minutes sans échanger un mot.

— Tu veux entrer ? dit-elle finalement.

J'enlève mes vêtements plus vite qu'un singe affamé face à une banane mûre.

— Ah, dis-je en entrant, sentant l'eau chaude et veloutée. C'est agréable.

— Tourne-toi, m'ordonne-t-elle.

Je m'exécute, et elle me lave le dos comme je l'ai fait pour elle. Ça ressemble à un acte d'amour. J'espère qu'elle a pardonné mon comportement révoltant à l'hôpital.

— Comment était ta promenade ? je demande.

— Plus comme une baignade, en fait, répond-elle.

Je me surprends à sourire. Je me retourne pour lui faire face et commence à masser ses pieds sous l'eau. — D'accord. Comment était la promenade, à part la pluie ?

— On ne peut pas vraiment séparer les deux, dit-elle. La promenade était la pluie.

— Ça sonne assez zen. Quelque chose que Marc Aurèle aurait pu dire. Tu écoutais un podcast stoïcien pendant ta marche ?

— Non. C'était plutôt comme un téléchargement direct dans mon cerveau. Pas besoin d'interprète ou d'animateur de podcast.

— Comme quand dieu parle aux gens, dis-je.

— Peut-être, répond-elle. Le déluge était effective- ment assez biblique.

— Une plaie ensuite ? Ou des sauterelles ?

— Ça dépend.

— Ça dépend de quoi ?

Elle hausse les épaules. — De ton karma.

— Je crois que tu mélanges tes textes religieux.

— Ils se ressemblent tous au fond, non ? Même source.

— Des hommes délirants ? je demande.

Elle hausse à nouveau les épaules et se renverse en arrière, me donnant son autre pied. — Quelque chose comme ça.

— Tu as eu des révélations ?

— Simplement que je ne devrais pas attendre de toi que tu sois parfait. Je ne devrais pas m'attendre à ce que notre relation soit parfaite.

— J'aimerais qu'elle le soit.

— Moi aussi. Tu es si merveilleux avec moi et ma famille que j'en viens à penser que tu ne peux pas faire d'erreur. Mais il semble que tu sois humain après tout.

— Quelle déception, je réponds, espérant un sourire.

— Tu n'es pas une déception, affirme-t-elle. Tu es la meilleure chose qui me soit jamais arrivée. C'est ce qui rend tout cela difficile.

— Tu mérites mieux, j'insiste.

Ivy renifle. — Tu te trompes. Tu as tout changé pour moi. J'étais fauchée, désespérée, traumatisée, et prête à renoncer aux hommes.

— Peut-être aurais-tu dû t'en tenir à cette dernière résolution.

L'expression d'Ivy reste sérieuse. — Tu m'as ouvert une toute nouvelle vie. Avec de l'espoir, de la beauté, du désir et de la magie.

Mes épaules s'affaissent. — Et puis j'ai tout foutu en l'air.

— Non, dit-elle en touchant mon genou. Elle secoue la tête. Non, Alistair, tu n'as rien foutu en l'air. Tu as fait une erreur. Nous avons tous les deux fait des erreurs. Et étant humains, nous en ferons probablement un bon nombre à l'avenir.

— Je déteste te faire du mal, dis-je. Plus que tout. Je suis tellement désolé d'avoir crié comme ça. Ça ne se reproduira plus jamais. Je te le promets.

Ivy m'observe, attend que je finisse, puis hoche la tête. — D'accord. Parce que même si je t'aime, c'est quelque chose que je ne peux pas—je ne veux pas—accepter.

— Absolument, j'acquiesce. Si quelqu'un d'autre te criait dessus, je perdrais les pédales. Je n'arrive pas à croire que c'était moi qui hurlais. Désolé.

— Enfin, s'il y a le feu dans la maison, ou si tu tombes par-dessus bord de ton yacht. Là, tu peux crier. Alors je pourrais même essayer de te sauver.

— Nan, je réponds. Je ne me dérangerais pas si j'étais toi. Laisse-moi plutôt dormir avec les poissons. Tu pourras avoir tout mon argent.

— Tentant. Ivy sourit vraiment pour la première fois depuis ma transgression. Mais je préfère avoir ton corps de rêve que ton argent. L'argent c'est bien, mais je n'ai pas d'orgasmes multiples avec des lingots d'or.

— Hmm. Peut-être que tu t'y prends mal.

Elle glousse. — Dans ce cas, tu veux bien m'apprendre à le faire correctement ?

— Je croyais que tu ne le demanderais jamais. Je me penche et écarte ses lèvres avec ma langue. Elle a un goût de chocolat. Je l'embrasse lentement et je la sens se détendre dans notre étreinte.

— L'argent n'embrasse pas comme ça, dit-elle. Tricheur.

— Tu pourrais payer quelqu'un pour t'embrasser, je suggère.

— Pas comme ça, répond-elle, et nous nous embrassons à nouveau.

— En parlant d'argent, je murmure, mon sexe se durcissant. Tu as dit que tu en avais besoin. Comment le veux-tu ? Je peux demander à mon banquier de t'ouvrir un compte à intérêt élevé. Ou peut-être préférerais-tu quelque chose de plus concret—un chéquier vierge ?

Les yeux d'Ivy brillent de malice. — Oh mon dieu, je suis tellement excitée là. Dis-le encore.

Je ris. — Quelle partie ?

— Tout. Elle me serre la cuisse. Je veux tout.

J'essaie de me rappeler mes mots exacts. — En parlant d'argent, dis-je.

— Oui, dit Ivy. Continue.

— Tu as dit que tu en avais besoin.

Ivy se tortille. Elle apprécie ce jeu, et je suis heureux de jouer.

— Comment le veux-tu ? je demande.

— Je le veux chaud et lent, murmure-t-elle. Et puis dur et rapide.

Mon sexe se dresse, dur comme la pierre et prêt. Elle le prend dans sa main chaude et glissante.

— Bon sang, Ivy, je ris. Si j'avais su que c'était ton pillow talk préféré, je l'aurais utilisé plus tôt.

— Avant, ça me refroidissait, dit-elle en pompant avec sa main. Maintenant, ça me rend chaude comme la braise.

— J'ai du savon ici, je l'avertis. Au cas où il faudrait laver cette bouche.

— Je croyais que tu aimais ma bouche sale.

— Tu as une bouche d'ange, dis-je, traînant mon pouce sur sa lèvre inférieure.

Elle ouvre la bouche. — Plus.

— Plus de discours sur l'argent ? Ou plus d'action ?

— Plus dans ma bouche angélique.

Je suis tellement dur que ça en est presque douloureux. Sa prise est incroyable, comme si elle contrôlait tout mon corps. Je pousse mon pouce luisant entre ses lèvres et dans sa bouche. Ivy le suce pendant qu'elle pompe mon sexe de son poing. Elle ne rompt pas le contact visuel, ce qui est troublant et terriblement excitant. Elle ouvre la bouche plus grand. Elle en veut plus. J'essaie de contrôler ma respiration, mais mon corps semble sur le point de léviter de pur plaisir. Tout est si sensuel et glissant. Je retourne ma main et y mets quatre doigts. Ivy doit étirer sa bouche pour les accueillir.

Putain ! C'est si érotique. Je suis si dur à l'extérieur, en train de fondre à l'intérieur.

Je me souviens de la première fois où je l'ai fistée et ce souvenir me fait presque jouir.

— Tu te souviens, je halète. La première fois que je t'ai fistée ?

Ses yeux s'écarquillent. Elle hoche la tête, la bouche toujours pleine de mes doigts, sa main toujours active sur moi sous l'eau.

— La première fois que je t'ai donné la fessée ? je demande.

Ivy gémit.

— Tu te souviens de la bouteille de champagne ?

Ses yeux scintillent au souvenir, le désir comme des flammes sur ses joues. Je respire lentement, essayant de retenir mon orgasme. Je commence à bouger ma main d'avant en arrière, baisant sa bouche avec mes doigts. Elle gémit, et ses paupières papillonnent. Elle commence à masser son clitoris, et je pousse les doigts de mon autre main en elle. Elle crie, et je sens ses muscles onduler.

Je suis surpris. — Déjà ?

Ivy hoche la tête. Nous devrions faire plus souvent ce pillow talk sur les lingots d'or.

Pendant qu'elle me fait la branlette la plus douce et glissante de l'histoire, je baise sa bouche et sa chatte affamée avec mes mains. Ses gémissements et ses muscles qui se contractent vont me faire basculer. Je me retiens, regardant ses putains de beaux seins qui tressautent pendant que je la baise. Ses gémissements deviennent plus forts, et je peux sentir la vibration de sa bouche sur ma main.

— Merde, Ivy, je halète. Oh merde, je vais jouir.

Ivy hoche la tête. *Oui-oui-oui.* Alors que je sens le début de mon orgasme, celui d'Ivy la frappe fort. Elle hurle malgré sa bouche pleine, et je la rejoins tandis que tout mon corps est secoué par l'orgasme. Nous nous accrochons l'un à l'autre pendant que nos corps sont parcourus de vague après vague de plaisir.

CHAPITRE 20

Nugget de poulet

IVY

— On devrait se disputer plus souvent, dis-je à Alistair pendant qu'on s'habille.

Il me regarde d'un air perplexe.

— Si le sexe de réconciliation est toujours aussi bon.

— Ça ne sera jamais aussi bon que cette fois, dit-il. C'est scientifique.

J'éclate de rire. — De la science.

— Exactement, affirme-t-il avec assurance. C'est la loi des rendements décroissants.

— Explique-moi ça comme si j'étais une enfant de trois ans.

— La première fois que tu as du sexe de réconciliation, tu obtiens dix utils de satisfaction.

— Des quoi ?

— Des utils. Comme dans utilité. On parle d'économie.

— Je suis une enfant de trois ans, je te rappelle.

— D'accord. Tu es une enfant de trois ans. Tu manges un nugget de poulet et tu ressens dix utils de bonheur.

— Je me suis toujours demandé quelle partie du poulet ils utilisaient pour faire les nuggets.

— Je sais que les enfants de trois ans ont une capacité de concentration d'un moucheron, mais peut-on se concentrer, s'il te plaît ?

— D'accord.

— Au moment où tu manges le dernier nugget, qui est pratiquement identique au premier, tu ne ressens plus qu'un demi-util.

— Compris, dis-je. Donc la prochaine fois qu'on aura du sexe de réconciliation, ce sera moins exceptionnel. Mais j'espère quand même que ce sera mieux qu'un Happy Meal.

— On ne sait jamais, répond Alistair. Ne tentons pas le sort.

— Maintenant j'ai faim.

— C'est une bonne chose qu'on aille dîner, alors. Espérons que Crêpe Suzette ne nous servira pas de nuggets de poulet.

Je me fige. — Le dîner ? Avec ta famille ! Oh mon Dieu, j'avais complètement oublié !

Alistair s'approche de moi et m'embrasse sur le dessus de la tête. — Je ne t'en veux pas après la matinée qu'on a eue. Tu veux qu'on annule ?

— On ne peut pas, réponds-je. On doit discuter de comment aider Ariana.

— Ce n'est vraiment pas ton problème, dit-il. Je m'en occuperai. Tu peux te mettre au lit et lire. Ou regarder Netflix. Mildew peut t'apporter des pancakes. Je te rejoindrai plus tard.

Je secoue la tête. Aussi tentant que cela puisse paraître, Ariana est aussi ma préoccupation. Nous n'avons pas beaucoup parlé lors de notre premier bref tête-à-tête ce matin, mais nous avons certainement établi une connexion. Elle m'a remerciée pour le garrot. Je lui ai dit à quel point sa famille avait été déchirée par son apparent meurtre. Nous nous sommes quittées en bons termes, encouragées par le fait que je me suis opposée à Alistair, insistant sur le fait qu'elle méritait d'avoir son libre arbitre. Je pense que nous avions toutes les deux l'impression que nous pourrions devenir des amies proches. Des sœurs, même, si on pouvait pardonner cette histoire de balle à un centimètre de ma tête.

— Non, dis-je. Je veux être impliquée. Je veux aider. As-tu réussi à lui parler après mon départ ?

— Non, j'ai eu une meilleure idée.

J'arrête de me brosser les cheveux et lui accorde toute mon attention.

— Elle est d'accord maintenant. Elle va au centre de réhabilitation demain.

Je ne prends pas la peine de cacher ma surprise. — Vraiment ? Je ne m'attendais pas à ça. Comment as-tu fait ? Hypnose ? Corruption ? Drogues ?

— Rien de tout ça, sourit-il. J'ai demandé à Henderson de lui parler.

— Alistair Ravenscroft. Tu es un génie.

— Tu sais qu'ils ont toujours eu un lien spécial, et leur histoire commune souligne le fait que nous sommes les gentils, pas les Redbricks.

Le simple fait que Henderson soit dans sa chambre aurait fait remonter des émotions réelles et intenses qui l'auraient aidée à pencher de notre côté.

— Comme je l'ai dit, *génie*. Non seulement tu es un dieu du sexe, mais tu es intelligent aussi. C'est une combinaison extrêmement séduisante.

— N'oublie pas la partie *riche*, me taquine-t-il.

— Je l'ai fait exprès, dis-je. Je me préserve pour plus tard. Je ne veux pas épuiser tous mes utils d'orgasme en une journée.

CHAPITRE 21

Bébé Bombe à Retardement

ALISTAIR

Mon téléphone vibre. J'hésite à prendre l'appel car je ne veux pas être en retard pour le dîner. Ma mère déteste les retards, un trait que j'ai hérité d'elle.

BLACKWOOD, indique l'identifiant de l'appelant.

— Désolé, Ivy, je dois répondre.

Ivy, en pleine application de rouge à lèvres, me fait signe qu'elle approuve.

— Monsieur Ravenscroft, dit mon agent de renseignement. Les funérailles sont aujourd'hui.

Je ressens un pincement de regret dans ma poitrine. Je ne peux m'empêcher de penser à Mariya, mais Blackwood ne m'appellerait pas pour ça. — Les funérailles de qui ?

— Une cérémonie, quatre cercueils.

— Ah, d'accord, dis-je. Elena Kuznetsov, l'épouse du

Baron du Miroir, et leurs trois marmots slaves : Dmitri, Yuri et Anya.

— Ils ont gardé ça discret. Personne ne semble savoir que ça se passe.

— Mais vous, si.

— Eh bien, je surveille Mikhail comme un faucon. Il y avait quelques indices subtils.

— Pourquoi me dites-vous cela ? je demande.

J'entends Blackwood émettre un vague grognement, comme pour dire « N'est-ce pas évident ? »

— Monsieur Ravenscroft. Je vous suggère vivement d'agir aujourd'hui.

Je ne réponds pas.

— Monsieur, insiste-t-il. Vous ne pouvez pas vous permettre d'être sur la défensive dans cette situation.

— Vous suggérez que je donne l'ordre aujourd'hui ?

— C'est une solution élégante, dit Blackwood. Il est notoirement difficile à localiser, mais aujourd'hui, nous savons où il va être. Vous n'aurez peut-être pas d'autre occasion comme celle-ci.

— Il n'a montré aucun signe de représailles.

— Pas encore, dit Blackwood.

J'hésite à donner l'ordre. — Je ne peux simplement pas... La vérité, c'est que je ne suis pas assez impitoyable pour éliminer un homme le jour même où il pleure la mort de toute sa famille. Une famille qui est morte à cause de ma putain de main.

— Monsieur. Je comprends vos réserves. Je sais aussi que la mort de la femme Ivanov vous pèse.

— Mariya, dis-je. Pas *cette femme Ivanov*. Mariya, mère du petit Alex.

Mère qui ne l'est plus, à cause de moi.

Alex orphelin, à cause de moi.

— Vous ne l'avez pas tuée, insiste Blackwood.

— Et pourtant elle est morte à cause de moi.

— Ces choses arrivent, dit Blackwood. Vous le savez aussi bien que moi.

Mais je refuse de considérer Mariya comme un dommage collatéral, comme un déchet emporté par le vent.

— Je ne peux pas donner l'ordre, dis-je. C'est précipité. J'ai besoin d'y réfléchir.

— C'est vous le patron, dit l'agent de renseignement. Mais pour mémoire, je pense que vous faites une erreur. Une erreur qui pourrait menacer la sécurité de votre famille.

La colère monte en moi comme une colonne de fumée noire. — Blackwood, je gronde. Je suis tenté de lui rappeler pourquoi la mission de Moscou a été compromise en premier lieu. — Gardez les yeux sur Kuznetsov. Je veux tout savoir. S'il fait quoi que ce soit qui laisse penser qu'il prépare des représailles, prévenez-moi.

— Il n'existe aucune réalité dans laquelle il *ne va pas* riposter, monsieur.

Je sais qu'il a raison, mais je n'ai pas de réponse à lui donner. Je termine l'appel.

— Tout va bien ? demande Ivy en mettant ses

boucles d'oreilles. Elle porte une longue robe boutonnée que j'adorerais... déboutonner.

— Ça l'est quand tu es là, je réponds en l'attirant vers moi pour l'embrasser. J'adore cette robe.

— Merci ! Je l'ai achetée pour deux livres dans une friperie.

— Il y a juste un petit problème avec elle.

Ivy s'écarte de moi. — Quoi ? Elle baisse les yeux pour examiner le tissu puis tâte le dos à la recherche d'une imperfection. — Quel est le problème ?

— Le problème quand on porte des vêtements fantastiques, c'est que ça donne envie aux autres de les enlever. Ce qui contredit un peu l'objectif de les porter au départ.

Les yeux d'Ivy brillent tandis qu'elle sourit. — Je vois.

— Tu as de la chance qu'on soit presque en retard pour le dîner, sinon je te montrerais exactement ce que je veux dire.

— Plutôt *pas de chance*, répond-elle. Une chance que tu me montres à nouveau ta chambre d'enfance ?

Mon sexe tressaille. — Si tu insistes.

Ivy ajoute un cardigan et quelques bracelets cliquetants à sa tenue. — Prenons la limousine.

J'éclate de rire. Je ne peux pas m'en empêcher. Je secoue la tête. — *Prenons la limousine* ? Qu'est-ce qui vient ensuite ? Acheter des sacs à main de créateur sur mesure incrustés de diamants de sang ? Qui es-tu ?

Ivy se joint à mon rire. — Mon Dieu, non, dit-elle avec un accent snob exagéré. C'est tellement arriviste.

— *Prenons la limousine*, je répète, secouant la tête en ricanant.

Ivy cesse de sourire. — Mais bien sûr, chéri. Comment vais-je te faire une fellation autrement ?

Malheureusement pour moi, et sans aucune faute d'Ivy, le cunnilingus ne se matérialise pas. Ma mère m'envoie un message juste avant notre départ pour insister que le petit Alex vienne aussi. Elle va littéralement jusqu'à l'appeler « son magnifique petit-fils ». Brumilde accepte de se joindre à nous, donc au lieu d'une fellation en route vers le dîner, j'ai la compagnie de ma famille instantanée. Le plus effrayant, c'est que ça ne semble pas me déranger. Peut-être qu'Ivy a changé ces dernières semaines, mais je ne suis plus non plus la même personne qu'elle a rencontrée au début. Nous nous faisons du bien l'un à l'autre de bien des façons. Je regarde Alex, solidement attaché dans le siège auto russe que nous avons déniché en urgence à Moscou. Il vient de se réveiller d'une sieste et il est tout sourire, les joues brillantes.

Ivy me surprend en train de lui sourire et me fait un clin d'œil. C'est un clin d'œil un peu coquin, comme si elle pensait à ce qu'elle me ferait si nous n'avions pas de compagnie, mais c'est aussi affectueux. Brumilde, tenant une sorte de hochet, regarde rêveusement par la fenêtre. Elle est définitivement plus heureuse avec un bébé à la maison.

Je sens un poids se lever lentement de mes épaules. Peut-être que tout pourrait bien se passer après tout. La situation d'Ariana reste un défi, mais il y a de l'espoir qu'elle revienne vers nous. Même la nouvelle choc du bébé ne semble plus si terrible maintenant. Je me permets de rêver aux deux enfants grandissant ensemble, pas tout à fait une famille, mais des frère et sœur intimes néanmoins – comme l'étaient Henderson et Ariana.

— Areuh areuh, dit Ivy.

Je hausse les sourcils. — Je vous demande pardon ?

— Je ne te parlais pas, sourit-elle avant de se retourner vers Alex pour jouer à coucou.

— Apparemment, dit Brumilde, les bébés ne comprennent pas la permanence des objets. C'est pourquoi coucou est si amusant pour eux.

Comme nous la regardons tous les deux sans comprendre, elle explique : — Si un bébé ne voit pas quelque chose, il pense que ça n'existe plus. Donc coucou, c'est comme voir les choses apparaître et disparaître.

Je sais qu'elle est bien intentionnée, mais je ne peux m'empêcher de ressentir un autre pincement de regret pour Mariya. Mariya qui-n'existe-plus. Je repousse ce sentiment.

Mon téléphone sonne, et je lève intérieurement les yeux au ciel, pensant que ce doit être Blackwood qui essaie encore de me persuader, mais je me trompe.

— Henderson.

— On est suivis, dit-il. Rapide, mais calme.

Je me tourne pour regarder par la lunette arrière. — Tu es sûr ?

Je le vois dans la voiture derrière nous, comme d'habitude. Lucky conduit.

— À cent pour cent. SUV noir, pas de plaques.

— Merde, dis-je.

— Et pas subtil non plus. Conduite erratique. Je m'attends à des ennuis.

Mon estomac se noue. Quand Henderson, toujours posé, s'attend à des ennuis, il y aura des ennuis.

— Ma famille est avec moi, dis-je, lui rappelant l'importance de l'enjeu.

— Je sais, répond-il. Nous les garderons en sécurité.

À peine Henderson dit-il cela que Lucky fait une embardée, et je vois le véhicule menaçant essayer de les pousser hors de la route.

— Allez ! crie Henderson.

Macavoy voit l'alerte rouge sur son appareil et il accélère. Nous zigzaguons, essayant de prendre de l'avance, tandis que Lucky tente de bloquer les assaillants et de nous donner de l'espace pour disparaître. Les voitures autour de nous klaxonnent avec agacement, puis s'écartent quand elles réalisent le danger. Nous nous retrouvons coincés derrière un camion, un autre nous bloquant, et nous perdons notre avantage. Je détourne les yeux de la route pour regarder Ivy, qui semble folle de peur. Elle tient la main de Brumilde. Elles regardent toutes les deux Alex, qui a cessé de sourire.

— Tout ira bien, je leur dis. Il n'y a jamais eu une filature dont Henderson ne s'est pas débarrassé. Mais ces types sont plus que ça. Ils ne sont pas simplement là pour nous suivre. J'avale difficilement.

J'entends la mitrailleuse avant de la voir. Le tireur du siège passager est assis sur la fenêtre baissée, pointant son Kalachnikov automatique sur Lucky.

— Non ! je crie, faisant sursauter tout le monde dans la limousine. J'attrape sous le siège de Macavoy le pistolet que je garde là pour ce genre d'urgence. Un Glock n'est pas de taille face à un fusil d'assaut, mais il devra faire l'affaire.

— Combien sont-ils dans le SUV ? je demande à Brumilde.

— Quatre, répond-elle. Cette dernière salve—

Ivy halète alors que le SUV percute le côté de la Jaguar, envoyant Lucky déraper contre une autre voiture. Le métal grince, le caoutchouc brûle. Il parvient à reprendre le contrôle. Je fais signe à Brumilde d'échanger nos places, pour que je puisse accéder à la fenêtre. Nous changeons rapidement pendant qu'Ivy, la voix étranglée, murmure des paroles réconfortantes sans queue ni tête au bébé. Ce sera bientôt fini, je voudrais lui dire, mais il n'y a pas le temps. Je prépare mon arme tandis que Brumilde trouve les cache-oreilles d'Alex et les lui met rapidement sur la tête.

— Baisse-toi, dit-elle à Ivy, pendant qu'elle couvre le bébé de son corps. Ivy hésite, ne voulant pas être en sécurité dans le creux pour les pieds alors que tout le monde est en danger.

— Maintenant, je lui dis, et elle obéit.

Je vise le conducteur. Mon tir est généralement précis, mais nous roulons tous à toute vitesse et en zigzaguant, donc ce ne sera pas facile de réussir le tir. Le passager armé m'aperçoit penché par la fenêtre et nous arrose de balles. Je me retire juste à temps, et nous ne perdons qu'un rétroviseur. J'essaie à nouveau, mais je me précipite, et le tir n'est pas près d'atteindre sa cible. Lucky voit ce que j'essaie de faire, alors il distrait leur conducteur en tentant de les faire sortir de la route. Quand le passager tourne son AK-47 vers Lucky, cela me donne la seconde dont j'ai besoin pour viser correctement et tirer.

La détonation est si forte dans l'habitacle. Alex hurle de terreur. Mais ça en valait la peine, car j'ai touché le gars à l'épaule. Il manque presque de perdre sa place sur la fenêtre baissée, se balançant dangereusement hors de la voiture avant de se remettre en place. Il essaie de lever son canon vers moi mais la douleur rend sa prise instable, et les prochaines salves qu'il tire ne nous atteignent pas. Je saisis l'occasion pour lui tirer dessus à nouveau, et je l'atteins avec ma troisième balle. Son corps devient mou et s'effondre sur la route. Gardant ma concentration malgré la banshee qui hurle à mon oreille, je parviens à briser leur pare-brise avec ma prochaine balle. J'ai visé le conducteur, mais je ne peux pas voir à travers la toile d'araignée argentée du verre si je l'ai touché ou non. Quand le SUV commence à dévier vers le bord de la route, je sais que j'ai atteint ma cible.

CHAPITRE 22
Bon Tir

IVY

— Arrête-toi, Macavoy, crie Alistair.

Le chauffeur obéit et nous nous immobilisons avec soulagement à bonne distance de la circulation. Je remplis mes poumons d'oxygène, ne sachant pas depuis combien de temps je retenais ma respiration. Je me dépêche de détacher le bébé hystérique et le serre contre moi aussi étroitement que possible. Je remonte la fermeture éclair de la veste qu'Alistair me passe, de sorte qu'Alex est pressé contre mon flanc, dans une petite grotte sombre et sûre. Je le berce et le calme. Brumilde lui offre sa tétine, qu'il accepte avidement. Enfin, il se tait.

Lucky et Henderson s'arrêtent derrière nous, toujours en alerte maximale.

— Bon travail, dit Alistair, ce qui est à mon avis sa façon de dire *merci*.

— Bon tir, répond Henderson.

— On s'attendait à ça ? demande Brumilde.

— Oui et non, dit Alistair. Pas si tôt, en tout cas.

— Bratva ? je demande. Ils avaient l'air slaves à mes yeux, mais qu'est-ce que j'en sais ? Ce sont probablement les caricatures des méchants de James Bond dans mon esprit qui me font penser ça.

— Il semblerait, répond Alistair. Son visage est crispé de regret. Blackwood avait raison. J'aurais dû agir quand j'en avais l'occasion.

Henderson hoche la tête. — Les frappes préventives sont toujours meilleures.

— Putain, crache Alistair, avec plus de venin qu'une vipère. C'est ma faute. Il entrelace ses doigts derrière sa tête et lève les yeux comme s'il cherchait une réponse quelconque dans le ciel.

J'ai envie de protester. J'ai envie de le réconforter, mais je sais que ce n'est pas le moment. Je suis aussi en colère contre ces hommes qui ont essayé de nous forcer à quitter la route, qui ont essayé de nous tirer dessus. Je me sens férocement protectrice envers Alex — il a déjà tant perdu.

Alistair met son téléphone à l'oreille, mais ne parle pas. Il jure à nouveau. — Le téléphone de Blackwood est éteint.

Les muscles de la mâchoire de Henderson ondulent tandis qu'il serre les dents. Il n'est pas content.

— Je vais continuer à essayer de le joindre, dit Lucky.

— Putain ! crie Alistair de nouveau. J'ai l'impression

qu'il a envie de donner un coup de pied dans quelque chose.

— Ça va, je marmonne nerveusement. Je ne veux pas qu'il me crie dessus à nouveau. On va bien.

L'expression d'Alistair est si douloureuse qu'elle me fait mal. Il m'attire à lui et pose sa bouche sur le sommet de ma tête. — Je ne peux pas te perdre, dit-il.

— Tu ne me perdras pas, je réponds.

— Pauvre petit, dit-il au sujet du paquet que je tiens serré contre moi. Ça ne peut plus continuer. J'aurais dû écouter Blackwood. J'aurais dû donner l'ordre et maintenant il est trop tard.

Nous regardons tous les deux Lucky, mais il secoue la tête. Toujours pas de réponse.

— Appelle ma famille, lui ordonne Alistair. Préviens-les. Ils doivent quitter la maison immédiatement.

Le téléphone d'Alistair sonne. Je vois son écran : *numéro inconnu* avec un indicatif téléphonique commençant par plus sept.

— Russie, pense Alistair tout haut. Il fait signe à Henderson de s'approcher.

Oh merde. Mon anxiété monte encore d'un cran.

Il répond en mettant le haut-parleur. — Ici Ravenscroft.

Une petite voix, nerveuse, avec un accent anglais local. — Monsieur Ravenscroft, monsieur.

— Qui est à l'appareil ?

L'homme hésite. — Blackwood m'a dit de vous appeler s'il y avait un problème.

— Quel genre de problème ? exige Alistair. Qui êtes-vous ?

— Max. Max Brodie. Je travaille avec Blackwood depuis six ans.

Honnêtement, il ne semblait pas assez âgé pour que ce soit vrai, mais qu'est-ce que j'en sais ?

— Stagiaire ? demande Alistair.

— Il m'appelait son protégé.

L'expression d'Alistair devient de pierre. — Pourquoi utilisez-vous l'imparfait ?

Max ne répond pas.

— Brodie, dit Alistair d'une manière vaguement menaçante. Vous avez dit qu'il *vous appelait son protégé.* Dites-moi que vous avez eu une promotion. Ou que vous avez démissionné, ou quelque chose d'autre que ce que je pense.

Toujours le silence. Henderson regarde le sol, sans ciller.

— Désolé, dit Max, sa voix épaissie par l'émotion. Blackwood est mort.

CHAPITRE 23
Le Protégé

ALISTAIR

Je ferme les yeux et me pince l'arête du nez. Un énorme mal de tête tourbillonne juste derrière mes sourcils, prêt à s'installer.

PUTAIN.

— Vous êtes sûr ? je demande.

Le protégé bégaie sa réponse. — J'ai son... j'ai son... corps.

— Comment ? j'exige. — Qu'est-ce qui s'est passé, bordel ?

— J'essaie encore de comprendre, dit Brodie. — C'est arrivé si vite. C'était confus.

— Dites-moi simplement ce qui s'est passé, je grogne.

Lucky plisse les yeux avec suspicion envers ce « protégé » de six ans que nous n'avons jamais rencontré. Il n'a pas tort.

— Mais d'abord, je dis, — j'ai besoin de savoir si nous pouvons vous faire confiance. Que vous êtes bien qui vous prétendez être.

— Je peux le prouver, dit-il, plus confiant maintenant. La mort de Blackwood l'a bouleversé, mais il sait qu'il peut prouver son identité. — Je sais tout de vous. De votre famille. Blackwood m'a transmis vos renseignements pendant des années pour me donner les connaissances de fond solides dont j'aurai besoin pour prendre sa place. Il fait une pause. — Je ne savais simplement pas que cela arriverait si tôt.

— Allez-y, alors, je dis. Je cherche quelque chose que les Russes ne pourraient pas savoir.

— Isobel Ravenscroft a subi une opération l'année dernière qu'elle a gardée secrète pour la famille. Vous pouvez appeler le chirurgien à Mount Assisi pour confirmer. Elle a inscrit Blackwood comme personne à prévenir en cas d'urgence. Elle vous a dit qu'elle était à Bolzano avec son club de lecture, a même payé l'hôtel au cas où quelqu'un vérifierait, alors vous pouvez les appeler pour confirmer aussi. Il Battente. Du six au onze avril 2023. C'était un bon choix côté localisation parce qu'elle y était déjà allée avant, en 2018, et serait capable de répondre aux questions sur l'endroit. Son plat local préféré était les *canederli*, des boulettes dans un bouillon clair. La région est également connue pour son vin, particulièrement le Lagrein et le Santa Maddalena. Quand—

Je l'interromps. — Ça suffira pour l'instant. Il retient certainement les détails, ce que j'apprécie.

— D'accord, dit-il, redevenant nerveux.

Lucky intervient. — Les Ravens. Nous les avons fait sortir de la maison.

Je hoche la tête en signe de reconnaissance et de remerciement.

Retour à Max Brodie. — Racontez-moi ce qui s'est passé avec Blackwood.

— Je ne sais toujours pas. Vilmos était avec nous, dans l'équipe.

— Qui ?

— C'est un agent que Blackwood utilise... ou, utilisait. Doué pour s'introduire dans des lieux. Il est entré et n'est jamais ressorti.

— Entré où ?

— Serebryanaya Bereza Dvoretz. Une chapelle privée de palais que les aristocrates louent pour des mariages et baptêmes somptueux.

— Et des funérailles, je dis.

— Oui, répond Brodie. — Blackwood était certain que quelque chose n'allait pas avec Kuznetsov. C'est pourquoi il a envoyé Vilmos.

— Et Vilmos n'est jamais ressorti.

— Alors Blackwood y est allé. Je lui ai demandé de ne pas le faire, mais il se sentait responsable.

— Pour Vilmos ?

— Pour Vilmos. Pour le danger dans lequel il vous a mis, vous et votre famille, en ratant le bébé Ivanov. Ses renseignements n'avaient jamais compromis une mission auparavant.

Bon sang. Personne n'est parfait, Blackwood. Toi, plus que quiconque, aurais dû le savoir. Quel gâchis d'un être humain exemplaire.

— Puis il a eu ce pressentiment sur lequel il devait agir, poursuit Brodie. — Je pense qu'il considérait cela comme sa rédemption. Pour remettre les choses en ordre, disait-il. Ce n'était pas quelque chose dont je pouvais le dissuader.

J'avale l'épaisseur soudaine dans ma gorge. Blackwood avait été un ami brillant et loyal de la famille pendant des décennies. — Comment avez-vous trouvé son corps ? je demande.

— Alors... tous les camions de traiteur arrivent — c'est comme ça que Vilmos est entré — toutes les compositions florales. Le *svyashchennik* arrive en tenue d'apparat.

— Vous parlez russe, je dis.

— Un peu, répond-il. — Suffisamment pour me débrouiller. Je m'efforce d'apprendre les bases avant d'aller n'importe où. Le dialecte de Bolzano était inté-ressant—

— Brodie, je l'arrête. Je comprends maintenant que j'ai affaire à une sorte de petit génie, la façon dont il peut simplement « apprendre les bases » de n'importe quelle langue — comme comment on appelle un prêtre ortho-doxe à Moscou — et débiter des détails insignifiants d'il y a cinq ans. J'aime bien ce gamin.

— Oui, pardon. Il prend une respiration. — Donc

nourriture, fleurs, encens, cercueils — les quatre — arrivent, mais les gens, non.

— Quels gens ?

— *N'importe quels* gens, à part le personnel. Pas un seul participant quand l'horloge indique l'heure de début. Pas même le baron.

— Donc c'est l'enterrement de sa femme et de ses trois enfants adultes, et il ne se montre pas.

— Personne d'autre non plus.

— Hmm.

— Et Vilmos ne ressort pas, alors Blackwood y va. Il n'était pas surpris. Il savait que quelque chose clochait, mais ne savait pas quoi. Donc j'attends que tout le monde commence à ranger et à rentrer chez soi. Je chipe un uniforme de traiteur avec une charlotte et un masque, et j'entre. Je trouve les cercueils. Ces énormes choses ornées.

Oh, mon Dieu.

Je comprends ce qu'il est sur le point de dire juste avant qu'il ne le dise. C'est quand même un coup dans l'estomac.

— Ils sont vides, je dis.

— Trois d'entre eux sont vides, répond-il.

Je n'ai pas besoin de lui demander qui est dans le quatrième.

Bon sang, Blackwood. Quel gâchis.

— Sortez de là, je dis à Brodie. — Rentrez.

Je ne veux plus aucun de mes hommes à Moscou. Jamais.

— Oui, monsieur.

— Savez-vous comment ramener le corps ? je demande. Personnellement, je ne suis pas sentimental à propos des corps morts. Ce ne sont que des coquilles vides laissées derrière. Mais je suis sûr que la famille de Blackwood sera réconfortée par le fait que nous avons pu le ramener.

— Je suivrai le protocole, répond-il.

Je termine l'appel, mon esprit bouillonnant de trop de pensées.

— Ils sont tous encore en vie, dit Henderson. — Les Kuznetsov.

Ivy blêmit.

— Impossible, je dis. — Mes hommes s'en sont occupés.

Henderson a l'air abattu. — Je ne doute pas qu'ils se soient occupés des personnes qui prétendaient être les Kuznetsov.

Elena Kuznetsov avait des contacts dans le monde du théâtre. Elle aurait connu beaucoup d'acteurs prêts à jouer secrètement le rôle contre une généreuse compensation, sans savoir qu'ils étaient sacrifiés pour épargner sa vie et celle de ses enfants.

CHAPITRE 24
Les Nouveaux Ravens

IVY

Le danger qui nous guette — nous tous, y compris bébé Alex — est réel et imminent. D'après le peu que j'ai vu de la Bratva du Miroir, je sais qu'ils ne reculeront devant rien pour éliminer les Ravenscroft et tous ceux qui gravitent autour d'eux. Mon cœur n'a pas cessé de battre à tout rompre depuis que j'ai vu ce SUV zigzaguer derrière nous, tentant de pousser la Jaguar hors de la route.

— Nous ne sommes pas en sécurité ici, dit Alistair en posant une main réconfortante au creux de mon dos.

Je lève les yeux vers lui, effrayée, incapable de réfléchir clairement.

— Où irons-nous ? je demande.

— Ils en savent trop. Aucun endroit à Londres n'est sûr.

L'Écosse, je pense. Ou la Suisse.

— Lucky, dit Alistair. Commande l'avion. Il nous faudra aussi des papiers. Je ne veux pas qu'ils puissent suivre nos déplacements. Des papiers pour tout le monde ici, et pour le reste de la famille.

— Je m'en occupe, dit Lucky.

— Et Ariana ? je demande.

— Elle sera en sécurité en centre de désintoxication, dit Henderson. Elle est toujours décédée selon les registres officiels, et nous l'avons inscrite à la clinique sous un faux nom.

Alistair se tourne vers moi avec une expression si intense que le reste du monde s'estompe. Il prend ma main libre, mon autre bras soutenant toujours Alex. Tout autour de nous devient un flou nébuleux, mais son visage est d'une netteté cristalline. C'est probablement l'adrénaline, mais il me donne une vision en tunnel.

— On a tendance à faire les choses à l'envers, toi et moi.

Je fronce les sourcils. Je n'ai aucune idée de ce dont il parle. Je continue de visualiser des lys fanés, du caviar figé et des cercueils vides. Un prêtre russe trop habillé et confus dans un nuage d'encens.

Malgré la situation désespérée, le péril, Alistair me sourit chaleureusement. — On a vécu ensemble avant même de sortir ensemble. On a emménagé ensemble avant de vraiment nous connaître. On a eu un bébé sans l'avoir planifié. En quelques semaines, nous sommes tous les deux passés du statut de célibataire à celui de partenaire avec une famille.

— Oui, dis-je, ne sachant toujours pas où il voulait en venir, mais percevant la gravité dans sa voix. Quelque chose se passait entre nous.

— J'espère que tu ne seras pas effrayée alors... commence-t-il.

J'avale ma salive. — Je ne l'étais pas. Jusqu'à ce que tu utilises le mot « effrayée ».

— Ivy Mickelson, tu es tout pour moi.

— Je ressens la même chose, je murmure.

— Viendras-tu en lune de miel avec moi ?

J'éclate de rire. Ça sort de nulle part, sous le choc de la course-poursuite et l'amusement surpris de ce qu'il me dit.

— Oui, dis-je. Oui, s'il te plaît.

— Parfait, répond-il. Destination de rêve ?

— Euh... Je n'ai jamais été du genre à rêver de mariages ou de lunes de miel.

— N'importe où, il m'encourage. Dis-moi l'endroit.

J'ai toujours voulu faire du yoga en Inde. Manger de la vraie paella traditionnelle en Espagne. Déguster du vin en France. Voir les oliveraies en Italie. Marcher sur le Camino ! Il y avait tellement de choix.

— La Thaïlande ? je suggère. Je m'attends à une discussion — comme c'est généralement le cas pour les destinations de lune de miel — mais au lieu de cela, il hoche la tête et fait signe à Lucky de s'en occuper.

— Vraiment ? je dis.

Il me serre brièvement contre lui. J'ouvre la veste

juste assez pour vérifier Alex, et je vois qu'il dort profondément.

— Brumilde, dit-il, accepterais-tu de venir avec nous ?

Elle rit. — Tu invites ta nounou pour ta lune de miel ?

— Bien sûr. Tu es autant une Raven que moi. Et c'est comme ça que les nouveaux Ravens font les choses.

— C'est parce qu'on t'aime, dis-je.

Brumilde éclate de rire. — C'est parce que vous ne voulez pas changer les couches.

— Bon, dis-je. Ça aussi.

Henderson est tendu au téléphone, éclatant notre bulle mince et très temporaire. Nous le regardons tous, ayant besoin de savoir ce qui s'est passé. Henderson montre rarement ses émotions. Mon anxiété s'enflamme. Est-ce Ariana ? Le bébé ?

Je ne peux pas m'en empêcher. — Ariana ? je lâche.

Henderson secoue la tête.

— Reacher et Bijou ? je demande.

De nouveau, il secoue la tête. — Reacher et Bijou vont bien. Ariana est en sécurité. Ne paniquez pas.

— Ne pas paniquer à propos de quoi ? demande Alistair.

Henderson se frotte la paupière avec son majeur. — Le manoir. Tes parents.

Il avait déjà notre attention, mais maintenant nous buvons ses paroles.

— Personne n'est blessé. Attaque de drone.

— Attaque de drone ? répète Alistair, comme s'il n'en comprenait pas le sens. Comme si « manoir » et « attaque de drone » n'avaient aucun sens ensemble.

— Trois explosions. La pire a détruit toute l'aile ouest.

J'essaie de me rappeler quelle partie de l'immense demeure familiale était orientée à l'ouest, mais mes pensées sont confuses. L'anxiété me fait cet effet. Elle court-circuite mon cerveau. Tout ce que je vois dans mon esprit, c'est l'intimidante salle à manger des Ravenscroft et les puddings du Yorkshire. Je m'efforce de *ne pas* penser à l'ancienne chambre d'Alistair et à ce que nous y avons fait.

— Ton père est indemne mais dévasté, poursuit-il. Toute sa collection de vinyles a été détruite.

Ça a dû être délibéré. Isobel a détruit la collection de Fabergé d'Elena, vraisemblablement bien plus précieuse. Bébé Alex bouge et gémit.

J'ouvre à nouveau la veste. — Coucou toi, dis-je en lui souriant.

Ses yeux sont grands ouverts, et il me regarde avec incertitude.

— Nous partons en petites vacances. Tu vas adorer.

Sa lèvre inférieure commence à trembler. Il va certainement pleurer. Mon instinct immédiat est de le remettre à Brumilde, mais je prends une respiration et lui remets sa tétine dans la bouche.

— Lait ? j'articule silencieusement à Brumilde.

Elle hoche la tête et prend le sac à langer de la limousine, sortant du lait maternisé chaud d'un porte-biberon isotherme et l'agitant. Je la remercie et commence à nourrir Alex, qui me regarde avec des yeux adorateurs dès qu'il réalise que je suis sa nouvelle source de nourriture.

Bon garçon, je lui dis par télépathie. *Les choses sont difficiles, mais on va s'en sortir.* Il cligne des yeux comme s'il comprenait.

CHAPITRE 25

Une lune de miel intéressante

ALISTAIR

Je suis stupéfait de voir à quel point Ivy gère bien la violence dont elle vient d'être témoin. Je sais qu'elle est forte, contrairement à ce que son apparence pourrait laisser croire. J'admire sa grâce sous pression. C'est une raison de plus de l'aimer. Peut-être que je cherche à voir le bon côté des choses dans cette période chaotique et dangereuse. Voir cette Kalachnikov pointée vers nous quand Ivy, Alex et Brumilde étaient dans la voiture m'a presque fait paniquer. Je ne m'inquiète pas trop de prendre une balle, mais si quelque chose devait arriver à ma nouvelle petite famille... je préfère ne pas y penser. Le plus important est de garder tout le monde en sécurité jusqu'à ce que nous établissions une marche à suivre. C'est difficile de ne pas être obsédé par les récents événements. L'idée que des drones aient bombardé le manoir — alors que mes parents étaient à la maison — suffit à me rendre fou. Perdre un agent de renseignement brillant et d'une loyauté féroce comme Blackwood est dévastateur. La violence de Mikhail Kuznetsov a été dévastatrice et ruineuse, et je ne pardonnerai jamais à cet homme d'avoir assassiné Mariya Ivanov, la mère de ce précieux garçon dans les bras de Brumilde.

La Bratva du Miroir a commencé cette guerre, mais c'est moi qui vais y mettre fin.

Je refuse de vivre dans la peur d'une famille menaçante qui vit à plus de mille kilomètres de nous. Je ferai tout ce qui est nécessaire pour les éliminer. Mes muscles sont tendus, ma mâchoire me fait mal à force d'être serrée. Je ne suis pas efficace dans cet état. Aucune stratégie supérieure ne peut émerger de la peur. Je dois me détendre pour penser clairement et planifier notre prochaine action. Je pousse un profond soupir et prends consciemment la décision de chasser de mon esprit toutes les pensées anxieuses concernant notre situation périlleuse. J'ai besoin d'avoir l'esprit clair, mais c'est plus facile à dire qu'à faire. Je ferme les yeux et prends quelques respirations pour ancrer mes pensées agitées par la peur.

Quand je rouvre les yeux, je réalise ce dont j'ai besoin, et de qui j'en ai besoin.

Ivy a enlevé ses chaussures et se promène dans la cabine du Gulfstream comme la charmante hippie qu'elle est, offrant boissons et collations tout en balançant la tête au rythme d'une mélodie que personne d'autre n'entend. Quand elle a terminé, elle se laisse tomber dans le siège en face de moi et sourit. Absolument délicieuse, comme toujours.

Elle me tend une flûte de champagne frais. C'est tout l'encouragement dont j'ai besoin pour refermer mon ordinateur portable. Un petit grognement s'échappe du fond de ma gorge.

— Regarde-toi, jouant la sexy hôtesse de l'air.

— On n'est plus dans les années cinquante, Alistair. On dit personnel de cabine maintenant.

— Ennuyeux. Je préfère hôtesse de l'air à personnel de cabine n'importe quand.

Ivy hoche la tête.

— C'est parce que tu es un homme mauvais.

Un petit rire m'échappe.

— Vraiment ?

Elle bouge les sourcils de manière suggestive.

— Tu veux rejoindre le Mile High Club ?

— Merci pour cette invitation séduisante, mais tu arrives une vingtaine d'années trop tard.

— Espèce de *débauchée* ! chuchote-t-elle.

J'incline la tête comme si je réfléchissais, puis acquiesce d'un signe.

— C'est exact. Je prends une gorgée. Donc la meilleure question serait plutôt : est-ce que *tu* aimerais rejoindre le Mile High Club ?

— Bof, m'imite-t-elle. Je n'en ai plus envie. Il s'avère que mon petit ami est une traînée.

— Je n'arrive pas à croire que tu me fais honte pour

ma promiscuité, lui dis-je en secouant la tête. Terriblement décevant.

— C'est toi qui es décevant, dit-elle en plaçant son pied nu entre mes cuisses.

Lorsque je me réajuste et lève à nouveau les yeux vers elle, elle soulève rapidement sa jupe et me fait un rapide flash.

— Qui est l'effrontée maintenant ? je siffle.

— Je suppose que nous le sommes tous les deux, répond Ivy, les lèvres s'incurvant vers le haut. C'est pour ça qu'on s'entend si bien.

Je me surprends à grogner à nouveau. Je suis prêt pour elle.

— Ce jour-là, à la manifestation. J'étais prête à renoncer aux hommes et au sexe pour toujours.

— Mon Dieu, ça aurait été un gâchis absolument tragique.

— Heureusement que tu m'as sauvée, dit-elle, la malice dansant dans ses yeux.

— En effet. Bien que je pense que le mot « sauver » soit un peu fort. Je t'ai juste donné un coup de main.

Elle sourit d'un air suggestif.

— Tu m'as donné un peu plus qu'une... main.

Je ris.

— Ne te méprends pas, dit-elle. J'adore tes mains.

— Tu avais peur que je t'aie kidnappée, je songe.

Ivy glousse.

— C'était une suspicion légitime. Je me suis réveillée

dans une pièce étrange, avec un homme étrange qui me regardait.

— Tu marques un point.

— *Et* tu as piraté mon téléphone.

— Juste aussi.

— Tu étais aussi putain de magnifique, ce qui était inquiétant.

Je manque de recracher mon champagne.

— Qu'est-ce que tu veux dire par « étais » ? *Étais* magnifique, au passé ?

Elle rit.

— Et pourquoi être séduisant est un signal d'alarme ? C'est un nouveau truc woke ?

— Non, c'est un truc de BookTok.

— J'ai l'impression que tu parles en code.

— C'est un trope populaire de la dark romance. Être kidnappée par un méchant. Il est toujours super sexy. Alors il y a des vidéos courtes sur la façon dont les lectrices fantasment d'être enlevées par ces gars qui les attachent, les menacent, puis leur donnent un sexe magnifique.

— C'est logique, dis-je. Tu es l'une de ces lectrices ? Tu aimerais faire un jeu de rôle ?

— Non merci, répond Ivy. Trop proche de la réalité pour être un fantasme pour moi.

— Merde, dis-je, immédiatement désolé. Je lui prends le pied. Je ne réfléchissais pas. Désolé.

Ivy secoue la tête.

— Ne le sois pas. Je ne vais pas laisser Jeff putain de

Bates dicter ma vie érotique. Je te ferai savoir quand je serai prête pour ce jeu de rôle particulier. Je suis partante pour d'autres types, si ça te dit.

— Ivy Mickelson, tu devrais savoir maintenant que s'il y a toi dans la pièce, il n'y a jamais un moment où je ne *suis pas* partant.

— Ooh, dit-elle en se tortillant sur son siège. On dirait que nous allons avoir une lune de miel intéressante alors.

Je finis ce qui reste dans mon verre.

— Nous allions toujours avoir une lune de miel intéressante.

Ivy s'empare du seau à glace où cliquette le champagne et me dit de la rejoindre dans la petite salle de conférence dans cinq minutes – peut-être les cinq minutes les plus longues de ma vie. C'est une pièce blanche et brillante aux lignes épurées avec six chaises en cuir clair et un frigo à boissons. Je regarde autour de la cabine, me demandant négligemment si quelqu'un saurait ce que nous préparons. Tout le monde semble absorbé par ses appareils, à part Brumilde, qui dort profondément sur un fauteuil inclinable avec le petit Alex sur sa poitrine. À l'heure convenue, je me lève et m'y dirige. La porte coulissante de la pièce est fermée, alors je frappe.

Ivy l'ouvre d'un geste théâtral. Elle tient le champagne et sourit, mais ce n'est pas ce qui me fait rire. Elle est vêtue de la tête aux pieds de l'élégant uniforme du personnel de cabine : un joli chemisier blanc avec des manches courtes à revers et un foulard argenté élégant au cou, une jupe crayon cintrée gris anthracite, et une veste assortie avec une attache asymétrique argentée. Ses incroyables jambes sont gainées de bas noirs transparents que j'espère vivement être retenus par des jarretelles.

— Bonjour, Monsieur Ravenscroft, ronronne-t-elle. J'espère que vous trouvez tout en ordre.

Même son rouge à lèvres est de la teinte approuvée – je ne sais pas comment elle a réussi ça.

Je ne devrais pas rire. Je reprends mon sérieux et joue le jeu.

— Mieux que prévu, merci.

Ivy hausse un sourcil.

— Je suis ravie de l'entendre, monsieur.

— En fait, dis-je en entrant dans la pièce, le voyage jusqu'à présent a dépassé toutes mes attentes.

— Je suis enchantée de l'entendre, Monsieur Ravenscroft. Votre avis est important pour nous.

— Vraiment ? je demande, en fermant la porte derrière moi.

— Oh, oui, dit Ivy. J'irais jusqu'à dire qu'il est essentiel.

Je prends une profonde inspiration et m'approche d'elle tel un prédateur.

— Ce que j'aimerais savoir, c'est si tes sous-vêtements sont conformes.

Elle est surprise.

— Conformes ?

— Tu sais, réglementaires pour le personnel de cabine. On ne peut pas laisser le personnel porter ce qu'il veut sous l'uniforme.

— Ce ne serait pas convenable, acquiesce Ivy. Le personnel doit respecter la politique stricte de l'uniforme à tout prix.

— Tu es donc prête pour l'inspection ? je demande.

— Je le suis, répond-elle. Souhaitez-vous vous asseoir ?

Arrivant à peine à cacher mon amusement, je traverse la petite pièce et m'assieds dans l'élégant fauteuil pivotant en cuir. Ivy me tend un verre de champagne.

— Où est le tien ? je demande.

— Le personnel de cabine ne boit pas pendant le service, répond-elle.

— Pas même ce millésime excellent ? je demande. C'est scandaleux.

Ce qui est également scandaleux, c'est la dureté de ma queue. C'est difficile de s'asseoir et de se détendre avec les pulsations dans mon pantalon.

Ivy le remarque.

— Strict, mais nécessaire. Notre patron est très... rigide, dit-elle.

— Je vois.

— Je pense qu'il prend même plaisir à nous punir.

Je m'agite sur mon siège.

— Comment vous punit-il ?

— Oh, vous savez, répond Ivy. Une cravache, si c'est pratique. Ou sa main.

Je prends une profonde inspiration par le nez. Tous mes sens sont en éveil ; mon corps vibre d'anticipation.

— Il a l'air d'être un homme horrible.

Ivy commence à dénouer son foulard. Elle ne rompt pas le contact visuel.

— Au contraire, ronronne-t-elle.

CHAPITRE 26
Rotation

IVY

J'adore ce jeu. C'est la première fois que je fais un jeu de rôle — j'ai toujours pensé que c'était plus ridicule qu'excitant — mais je trouve cela amusant *et* excitant. Je ne peux m'empêcher de me demander si je me sens plus à l'aise dans le rôle d'une employée au service de personnes riches que dans celui d'une personne riche, mais je n'ai pas besoin d'y réfléchir maintenant. Une raison plus importante pour laquelle je me sens bien est probablement que ce genre de jeu permet de s'évader de la réalité pendant un court moment. En cet instant, je ne m'inquiète ni des orphelins aux joues roses, ni des Russes armés d'AK-47, ni des autres violences que mon avenir pourrait me réserver. Cette diversion concerne uniquement le présent, et c'est un soulagement dans lequel je vais me plonger entièrement.

Je retire le foulard glissant de mon cou et le laisse

tomber au sol. Le blazer suit. Le chemisier blanc élégant a des boutons-pression sur le devant. J'envisage de les défaire un par un, mais je décide plutôt d'opter pour une révélation spectaculaire. Je m'assure d'avoir toute l'attention d'Alistair et déchire ma chemise. Ses yeux s'écarquillent tandis que les boutons-pression émettent un son satisfaisant. Je souris à sa réaction, puis enlève complètement le vêtement et le jette à côté du foulard.

— Bon sang, dit-il.

Je porte un tout nouveau body ultra sexy en résille noire avec des lanières qui met parfaitement en valeur ma poitrine et aplatit mon ventre plus que je ne le mérite. Je l'ai acheté avec mon enveloppe d'argent — ou mon argent de dévergondée, comme j'ai commencé à l'appeler. Le fait qu'Alistair me paie en liasses de livres sterling pour certaines faveurs sexuelles me fait toujours autant d'effet. J'espère que je ne m'en lasserai jamais — ou pire, que je ne commencerai pas à jouer les puritaines et à le regarder de haut. J'espère que je trouverai toujours ça si terriblement excitant. En fait, je me demande maintenant si c'est ma première véritable découverte d'un kink.

Je m'occupe ensuite du bouton de ma jupe. Il se défait facilement, et la petite fermeture éclair dissimulée est facile à ouvrir. Je la laisse glisser le long de mes hanches et tomber au sol, puis je la lance à Alistair. Il l'attrape sans effort et la porte à son nez, humant le tissu tout en me dévorant des yeux. Je porte les jarretelles qui accompagnent le body, et je vois qu'il les apprécie autant que moi. Je place mes mains sur mes hanches, redresse les épaules et lève le menton pour mettre en valeur la lingerie, puis je fais une petite pirouette.

— Cela ne me semble pas être la tenue réglementaire, j'en ai peur, dit Alistair. Vous devrez vous approcher pour une inspection en bonne et due forme.

— Oui, monsieur, je murmure, jouant la timide, battant des cils. Je m'avance vers lui, et il pose son verre sur la table.

— Plus près, ordonne-t-il.

J'obéis.

Je suis si proche maintenant que je peux pratiquement sentir la chaleur qui émane de lui. Mon pouls s'accélère.

Il place délicatement ses paumes sur ma taille, cintrée par le body, et examine attentivement ma nouvelle tenue.

— Mon premier instinct était correct. Ce n'est certainement pas un élément approuvé de l'uniforme de l'équipage.

— Je vous prie de m'excuser, M. Ravenscroft.

Il remonte ses mains le long de mes côtes jusqu'à ce que ses pouces reposent sous ma poitrine et que ses doigts puissants pointent vers mon dos. J'ai toujours aimé la sensation de ses mains sur moi.

Alistair se penche en avant et presse son visage contre mon ventre, m'inspirant. Je ressens une chaleur soudaine et des pulsations dans mon sexe. Un petit soupir s'échappe de ma gorge. Il se presse davantage contre moi, puis relâche la pression, et parcourt la résille noire en embrassant, léchant, mordillant ; sur mes os iliaques, mon nombril et ma poitrine. Ma respiration s'approfondit. Il saisit à nouveau mon bassin et me fait pivoter pour que je lui tourne le dos, afin qu'il puisse voir l'arrière de la tenue. Je me sens plus vulnérable qu'avant. Il trace les lignes et les courbes de mon dos et de mes fesses, et quand il touche mon sexe sous cet angle, le plaisir me traverse comme un éclair. Il mord ma fesse tout en commençant à masser mon clitoris. Je commence à fondre.

— Maintenant, grogne-t-il. Quelle punition appropriée suggérez-vous pour cette terrible infraction ?

— Euh, je marmonne. Sa main sur mon sexe me fait tellement de bien qu'il m'est difficile de formuler une pensée cohérente.

— Peut-être vais-je commencer par ceci. Il se lève et me pousse sur la table, écartant largement mes jambes d'un geste brusque. Je pose ma poitrine et mes bras sur la surface lisse et froide, une sensation à l'opposé de ce qui se passe à l'intérieur de mon corps. Sans avertissement, je sens une claque vive, et je pousse un cri en sentant la piqûre et la vibration de celle-ci.

— Vous avez été une mauvaise hôtesse de l'air, dit-il.

Je pouffe de rire, puis je m'arrête, me réprimandant. *Ne sors pas du personnage.*

— Je suis désolée, monsieur, dis-je. J'ai dû être distraite ce matin en m'habillant.

— Par quoi étiez-vous distraite ?

Je cherche désespérément quelque chose à dire. — J'étais, euh... en train de fantasmer sur... le séduisant milliardaire qui possède cet avion.

— Vraiment, répond-il.

Il me donne une autre fessée. Une sensation électrique remonte le long de ma colonne vertébrale.

— Avez-vous un faible pour les milliardaires ?

— Non, dis-je en secouant la tête. Je déteste les milliardaires.

— Détestez-vous l'argent ?

— Pas du tout.

— Juste les milliardaires, dit-il d'un ton neutre.

— Exactement.

— Pourquoi donc ?

— Parce que l'argent est utile.

— Aïe.

C'est ironique que ma peau délicate me brûle mais que ce soit lui qui dise « Aïe ». Je m'inquiète soudain d'être sortie du personnage en détestant les milliardaires.

— Je vous prie de m'excuser, M. Ravenscroft. Je ferai tout ce que vous voulez pour me faire pardonner.

— J'aime cette proposition. Excuses acceptées.

J'attends ses instructions.

— Montez sur la table. Fesses en l'air.

Je grimpe sur la table blanche et lisse. Je suis à quatre pattes. Alistair me donne une autre fessée. — Plus haut, grogne-t-il.

Je remonte mes fesses. J'imagine que mes joues sont roses après cette punition corporelle.

— Plus haut.

Je m'abaisse sur mes coudes pour que mes fesses soient aussi hautes que possible.

— C'est bien. Alistair se verse un autre verre de champagne et s'assied pour admirer mon sexe. Il appuie sur un bouton d'une télécommande, allumant la musique. Un autre clic et le plateau de la table commence à tourner lentement. Je suis une statue érotique à son usage exclusif. Il sirote sa boisson et regarde, m'observant sous tous les angles.

— J'adore ces jarretelles sur toi, dit-il en déboutonnant son pantalon.

Bientôt, il se caresse en me regardant tourner, les joues légèrement colorées tandis qu'il me dévore des yeux.

— J'adore l'apparence de tes seins. Regarde-les. Ne sont-ils pas magnifiques ?

Il marque un point. Ils ont l'air plutôt fantastiques dans ce nouveau body.

— Touche-les, dit-il.

Toujours sur mes coudes, j'oriente mon bras droit pour atteindre ma poitrine. Je les caresse doucement et pince mon téton à travers le tissu.

— Tu es déjà mouillée, observe-t-il.

— Je suis toujours mouillée quand tu es là, je réponds.

— Touche-toi, ordonne-t-il.

Je tends la main en arrière et fais ce qu'il me demande, prenant plaisir à sentir mon sexe si humide, si désirable. Quand mes doigts glissent sur mon clitoris, une vague de plaisir envahit mon bassin. Ma respiration s'approfondit.

— Putain, tu es si excitante, dit Alistair. Son sexe est énorme et dur comme la pierre tandis qu'il le frotte et le masse négligemment. Si belle. Te baiser est meilleur que tout au monde.

— Qu'attends-tu ? je demande.

CHAPITRE 27

Glissant

ALISTAIR

Doux Jésus. Tous mes fantasmes sexuels s'évaporent quand je vois Ivy comme ça, si mûre et prête pour la baise. Les fesses en l'air, son sexe luisant exposé... bon sang. Ma queue menace d'exploser si je ne m'enfonce pas en elle immédiatement. J'essaie de rester calme, assis en prenant mon temps, mais tout ce que je veux c'est dévaster son sexe. Je me force à finir presque tout mon verre, même si ma queue me tire littéralement de la chaise pour rejoindre Ivy. On oublie facilement que nous sommes dans un avion. Tout ce à quoi je peux penser, voir et sentir, c'est cette déesse sensuelle qu'est Ivy Mickelson.

— Je dois te goûter, dis-je.

— Je ne veux rien d'autre que ta queue dure en moi, dit-elle, continuant de se caresser.

— Tant pis, dis-je. Je crois que vous avez oublié qui commande ici.

Ivy se tortille, balançant ses fesses en gémissant. — Je suis tellement prête. Je vous veux maintenant.

— Vous allez devoir attendre, lui dis-je. J'attends qu'elle soit exactement où je la veux sur la table et j'appuie sur la télécommande pour arrêter la rotation du plateau.

Je prends ses hanches dans mes mains et commence à lécher ses fesses. Ivy gémit à nouveau. Je passe un temps considérable à lécher la peau délicate de l'intérieur de ses cuisses tout autour de son sexe.

— Pu-tain, expire-t-elle. C'est si bon.

Je me caresse lentement pendant que je prends mon temps. Je ne veux pas précipiter ce moment. Léchant, suçant, mordillant sa belle peau crémeuse.

— S'il vous plaît, léchez mon sexe, dit-elle. Je ne supporte plus d'attendre.

J'utilise juste le bout de ma langue pour toucher son clitoris, puis je la fais remonter jusqu'à son entrée. Je sais que mon toucher est trop léger, qu'il ne fera que la frustrer. J'attends que sa frustration monte encore un peu, puis j'enfonce ma langue directement dans son sexe. Ivy pousse un cri et ses jambes tremblent. J'élargis ma langue et la lèche de haut en bas, sur ses replis et son clitoris, la plongeant dans son entrée quand j'y arrive.

— Putain, Alistair, gémit-elle. Ne vous arrêtez pas.

Je continue, entendant sa respiration s'accélérer encore et encore. Je tends la main et masse ses seins, la faisant gémir plus fort. Quand j'étends le trajet de ma langue jusqu'à son anus, elle retient sa respiration. Je m'arrête et la claque avec le dos de ma main, touchant ses lèvres gonflées. Elle crie de surprise et de plaisir.

— Continuez à respirer, lui dis-je.

Haletante, elle acquiesce.

Je prends mon verre et l'incline juste au-dessus de son anus, le bout de ma langue sur son clitoris, et commence lentement à verser le champagne dans la crevasse. Ivy pousse un petit cri tandis que le champagne glacé coule sur ses lèvres chaudes et gonflées jusque dans ma bouche. J'en attrape autant que possible, buvant, lapant Ivy.

— Putain ! Elle commence à onduler doucement, et je réalise qu'elle est sur le point de jouir. Je saisis la bouteille fraîche, renversant accidentellement le seau à glace. Les glaçons s'éparpillent bruyamment en heurtant le sol. Peu m'importe. J'ai la bouteille. J'en verse un peu sur le dos d'Ivy et elle halète, riant, puis je verse le reste sur son anus à nouveau, le buvant avidement depuis son sexe tandis qu'elle se frotte contre ma langue, gémissant et ondulant. Une partie du liquide doré se répand sur la table, la rendant glissante.

— Oh putain, Alistair, gémit-elle. Oh putain.

Je sais ce que cela signifie. Je me débarrasse de la bouteille et grimpe sur la table, ne me souciant de rien d'autre que d'enfoncer ma queue profondément en Ivy dès que possible. Je ne peux plus attendre. Je dois la prendre maintenant. Je la retourne sur le dos, écartant ses bras et ses jambes, la transformant en étoile de mer glissante.

Elle bat des cils et ouvre grand la bouche, alors je me positionne pour mettre ma bite dans sa bouche, la rendre bien humide, puis je descends pour la pousser dans son sexe chaud et accueillant. Un centimètre nous fait déjà haleter tous les deux. Un centimètre de plus, puis un autre, et ensuite je m'enfonce jusqu'au bout. Nous crions tous les deux. Elle est si serrée autour de ma queue tendue que c'est presque trop intense, mais alors que je commence à pousser, l'intensité cède la place à une pure félicité. Je grogne et saisis sa mâchoire d'une main, pressant son sein de l'autre. Je masse ses joues et tire sa bouche ouverte pour l'embrasser. Elle m'accueille avec sa langue douce, ses lèvres roses et brillantes.

Je secoue la tête, incrédule. Comment peut-elle être si sexy ? Comment ai-je pu avoir autant de chance ?

— Ivy, c'est tout ce que je dis.

Elle hoche la tête, son expression me montrant qu'elle est au bord de l'orgasme, gémissant et pleurnichant comme si elle était sur le point de pleurer. Je serre les dents, forçant mon corps à ralentir. C'est trop bon pour se précipiter. Je me penche à nouveau, suçant son téton à travers la bande de tissu sur ses seins. Elle commence ce gémissement ondulant qui lui est propre, celui qu'elle fait quand elle est presque au sommet des montagnes russes, ne parcourant que le dernier bout de rail juste avant de dévaler.

— J'adore ce son, dis-je. Je veux entendre ce son tous les jours pour le reste de ma vie.

Je prends une longue et lente respiration profonde puis plonge en elle de toutes mes forces. Nous glissons partout sur la table lisse et mouillée tandis que je pousse au son de ses gémissements. Le ton devient de plus en plus aigu, comme s'il était la bande-son intérieure de mon propre orgasme montant. Elle commence à glisser loin sur la table, alors je l'attrape et la tire vers moi, m'écrasant en elle en même temps. Son sexe se resserre autour de moi plus fort que jamais, me faisant plier en deux, mais je ne cesse pas de bouger en elle, m'orientant vers son point G.

— Putain-putain-putain, murmure-t-elle à mon oreille. Puis elle sanglote mon nom alors qu'elle jouit, serrant ma queue qui explose en elle.

CHAPITRE 28
Pauvre petit bout

IVY

Propre et sèche, le sexe encore frémissant, nous sommes de retour dans la cabine principale avec le reste de l'entourage. Je regarde Alistair avec des étoiles plein les yeux, essayant de ne pas baver, et lui ne cesse de jeter des coups d'œil vers moi, par-dessus l'écran de son ordinateur portable, en me faisant des clins d'œil. Si calme et composé, comme si notre rencontre dans la salle de conférence n'avait jamais eu lieu. Mais je sens encore la surface dure sous mes genoux, le filet froid de champagne millésimé coulant le long de mes lèvres intimes, les pulsations dans mon point G. Bon sang, bon sang.

Un membre de l'équipage de cabine vient nous proposer un verre. Nous commandons du café et dissimulons nos sourires, tous deux savourant l'idée que je portais un uniforme similaire il y a à peine une heure. Je me surprends à me demander ce qu'elle porte sous cet uniforme élégant, et je suis certaine qu'Alistair se pose la même question. Cela me fait penser à Freya et à ma promesse faite à Alistair de tout lui raconter sur mes sensations avec elle ; ma toute première expérience sexuelle avec une femme. Ensuite, je veux qu'il me raconte tous les détails sur ce qu'il a ressenti quand il nous a rejointes. Je sens une pulsation délicieuse dans ma culotte. Ça va être une excellente lune de miel.

Comme sur commande, le petit Alexander commence à pleurer — juste pour me rappeler que ce ne sera pas une lune de miel traditionnelle. Oui, il y aura beaucoup de sexe formidable, mais nous quittons Londres pour une raison. Nous avons un bébé avec nous pour une raison. Comme Alistair l'a dit, nous ne faisons rien de manière traditionnelle.

Je souris à Alistair et me dirige sur la pointe des pieds vers Brumilde.

— Ses oreilles, dit-elle. Elles lui font mal à cause des changements de pression.

— Oh, mon pauvre petit, lui dis-je. Tu veux venir avec moi ? Je vais essayer de te distraire.

Il n'a pas l'air convaincu. Une main sur l'oreille, le pouce tremblant dans la bouche.

— Ça aidera s'il boit, dit Brumilde, en me tendant le biberon avec lequel elle n'avait pas encore eu de succès.

Je prends à la fois le bébé et le lait, et elle me fait signe pour me remercier. Je porte le nourrisson en détresse jusqu'à un siège près d'une fenêtre et je mets mes pieds en hauteur, l'installant sur mes genoux face à moi. Il s'appuie contre le haut de mes cuisses, toujours tendu. Je joue à cache-cache avec lui jusqu'à ce qu'il me gratifie d'un petit rire larmoyant, puis lui propose son biberon. Il le prend et boit pendant que je lui masse les pieds et lui montre des choses par la fenêtre.

— Oiseau, dis-je. Ciel. Maison. Océan.

Non seulement nous sommes des étrangers pour lui, mais même notre langue lui est étrangère. Pauvre petit bout, je pense toujours quand je le regarde, mais je ne devrais pas car il sera tellement aimé dans sa vie, et si chanceux. Personne ne peut remplacer une mère aimante, mais nous ferons de notre mieux pour lui offrir une vie merveilleuse. Ses paupières s'alourdissent, et je continue à masser ses petites jambes potelées et ses pieds, inspectant ses ongles de pieds incroyablement mignons. Je crois fermement au pouvoir guérisseur du toucher, et j'espère que ce sera l'une des façons dont je pourrai lui montrer l'amour et la sécurité. Quand son biberon vide tombe de sa bouche, j'envisage de le mettre dans le petit berceau fourni, mais son poids chaud est si réconfortant que je le soulève contre ma poitrine et le câline à la place, regardant par la fenêtre et rêvant d'une belle vie avec Alistair et sa — notre ? — famille grandissante. Les voyages que nous ferons, les souvenirs que nous créerons. Les choses que nous aimerons et perdrons, dont nous nous réjouirons et pleurerons.

L'univers entier semble s'ouvrir à moi. Alex émet un adorable petit reniflement, et je le serre un peu plus fort contre moi.

Oiseau, maison, ciel, océan.

CHAPITRE 29

Boisson Dorée

ALISTAIR

La villa de luxe en bord de mer a l'air plutôt convenable. Lucky m'assure que c'est la meilleure de Koh Samui. Je préfère habituellement les hôtels cinq étoiles, mais je suppose qu'on ne peut pas faire mieux qu'une villa privée sur une île comme celle-ci. Tous les grands noms y viennent, d'après Lucky. Et le chef cuisinait auparavant pour le roi. Quand j'ai demandé pourquoi il n'était plus employé par la royauté, Lucky a simplement ri de cette façon qui lui est propre, dévoilant ses dents blanches.

Ivy se promène avec des étoiles plein les yeux. Elle porte une robe d'été, et la brise chaude fait danser le tissu léger sur chaque délicieuse courbe de son corps. L'entourage logera dans leurs propres villas, situées un peu en retrait de celle-ci. Nous sommes enregistrés sous de faux noms correspondant à nos passeports et la sécurité est excellente, donc nous pouvons nous détendre ici sans constamment regarder par-dessus notre épaule. C'est étrange d'être ici, dans un lieu tropical chaud et humide sans danger immédiat. Nous avons laissé derrière nous les drones largueurs de bombes qui ont détruit l'aile ouest du manoir, la ligne Granite anéantie, le choc et l'anxiété concernant Ariana – qui a été transférée en toute sécurité dans l'établissement – et nous avons temporairement échappé aux griffes violentes du Mirror Bratva. Cette tranquillité d'esprit ne durera pas longtemps. Un monde de souffrance m'attend, mais pendant les quarante-huit prochaines heures, je vais baisser ma garde, ne serait-ce qu'un peu, et offrir à Ivy la meilleure « lune de miel » possible.

Ivy flotte dans les lieux avec cette robe fluide comme une sorte de nymphe des bois insulaire, la piscine à débordement derrière elle. Tout est propre, spacieux et ensoleillé, et les rideaux de coton blanc ondulent dans la brise chaude parfumée à l'océan. C'est surréaliste – surtout quand on pense qu'il y a quelques heures à peine, nous affrontions ces enfoirés de Russes.

La sonnette retentit. Je suis plus proche, donc j'y vais. Une belle femme thaïlandaise en robe traditionnelle avec une écharpe brodée d'or me présente un plateau de collations et quelques cocktails glacés sur un plateau d'argent.

— *Sawadee ka*, dis-je.

— Sabai sabai, me dit-elle. Au début, je pense que c'est une salutation, mais je réalise ensuite qu'elle fait référence aux boissons.

— Ah. Je les désigne en haussant les sourcils. Sabai sabai ?

— *Chai.* Oui. Boisson de bienvenue de Thaïlande. Boisson dorée, bienvenue.

Je prends le plateau. — *Khob kun ka.*

Elle s'incline, sourit et s'en va, mais pas avant que je glisse quelques centaines de bahts dans sa paume.

J'apporte le plateau près de la piscine, où Ivy n'a pas perdu une minute pour se déshabiller et se retrouver en bikini, allongée sur un transat.

— N'est-ce pas *parfait* ? demande-t-elle.

— Ça va devenir encore plus parfait, lui réponds-je. Nous avons des boissons dorées et des en-cas à l'apparence bizarre.

— On dirait quelque chose tout droit sorti d'un roman fantastique, dit-elle. Ils sont probablement empoisonnés avec une sorte de magie féerique. Bientôt, nous serons hypnotisés, exécutant leurs moindres désirs.

Je m'assieds et lui tends l'un des cocktails.

— Comme je le disais, encore plus parfait. Dis-m'en plus sur le porno féerique.

— Oh, les fées sont très espiègles. Certaines sont carrément maléfiques.

— Mmm. Je me penche et déplace sa bretelle pour embrasser son épaule chauffée par le soleil. Du sexe avec des fées maléfiques. J'ai une demi-érection rien qu'en y pensant. Ou peut-être est-ce parce que tu es particulièrement séduisante allongée ici au soleil.

— Un peu des deux, je pense, répond-elle.

— Tu sais que tu n'es pas obligée de porter ce bikini, n'est-ce pas ?

— C'est un super bikini, pourtant. Je n'ai jamais l'occasion de le porter.

— C'*est* un super bikini, je suis d'accord, en prenant une gorgée. Et c'est une super boisson.

— Mmm, acquiesce-t-elle. Rhum épicé ?

— Boisson dorée, apparemment. La libation de bienvenue thaïlandaise. Mais oui, ça a le goût du rhum.

— Et du citron vert, dit-elle. Du soda. Du basilic.

— Étais-tu une connaisseuse de cocktails dans ta vie antérieure ?

— Nan, répond-elle, en retirant son haut. J'étais une fée maléfique.

Nous passons la matinée à flâner autour de la piscine, presque nus, récupérant du long vol, savourant la chaleur et le ciel parfaitement bleu. Pas un nuage en vue, je n'arrête pas de penser. Une métaphore assez évidente d'avoir laissé nos soucis derrière nous, même si ce n'est que pour quelques jours. Nous commandons plus de boissons, et davantage de nourriture apparaît comme par magie. Peut-être que ce sont ces méchantes fées qui essaient de nous engraisser avant de nous manger.

— On sort dîner ? je demande à Ivy. Ou on reste ici et on laisse le chef préparer quelque chose ?

Elle lève les yeux de son livre.

— Oh, dit-elle. C'est tellement agréable ici, j'ai envie de rester. Mais j'ai aussi envie d'explorer.

— Je vais prendre une décision exécutive, alors. On reste ici ce soir et on passe la journée à explorer demain. Je vais faire une réservation pour le dîner au coucher du soleil.

— Tu veux dire que ton équipe va faire une réservation.

— Je croyais qu'on avait clarifié ce point, je lui rappelle. Je suis un kraken, tu te souviens ? Je chatouille ses côtés avec mes tentacules et j'aspire son épaule. Elle glousse.

— Tu penses qu'Alex va bien ? demande-t-elle.

— Brumilde m'a envoyé un message plus tôt. Alex va bien. Elle veut l'emmener à la plage demain.

— Première visite à la plage ! sourit-elle, rayonnante. Et Ariana ?

— Ariana a été installée avec succès. Elle nous résiste toujours, mais le personnel m'assure que c'est normal. Les progrès sont généralement lents au début.

Ivy avale la dernière gorgée de sa boisson au lait de coco et à l'ananas. — Bon sang. Ça a vraiment été intense, n'est-ce pas ?

— C'est une façon de le dire, je réponds.

— C'est l'endroit parfait pour décompresser.

— N'importe quel endroit avec toi est parfait, je réponds. Particulièrement quand tu es nue.

— Surtout quand je suis nue ? dit Ivy.

— Tu viens littéralement de lire dans mes pensées.

Elle éclate de rire.

— En parlant de peau, dis-je. Je ne veux pas que tu brûles. Je prends le spray de crème solaire dans le panier tissé à côté du transat et j'asperge son dos. Elle se crispe quand les gouttelettes fraîches touchent sa peau chaude, mais se détend rapidement sous mes caresses tandis que je l'étale. Dieu, j'adore sa peau. Elle est toujours si douce. Je veux continuer, alors j'enchaîne avec son cou, ses bras et ses jambes. Quand j'arrive à l'intérieur de ses cuisses, elle ricane. — Je ne pense pas avoir besoin de protection solaire là.

— On n'est jamais trop prudent, dis-je. Je ne veux pas que ta lune de miel soit gâchée parce que tu as été imprudente avec ta protection solaire.

Elle saisit le spray et commence à travailler sur moi aussi consciencieusement que je l'avais fait sur elle. Au moment où elle atteint mes cuisses, j'ai une érection puissante.

— Tu sais ce qu'on devrait inventer ? demande-t-elle. C'est l'idée commerciale la plus brillante.

— Je peux honnêtement dire qu'il n'y a rien dont j'ai besoin dans ce monde en ce moment, je réponds. Si je mourais maintenant, ma vie serait complète.

M'ignorant, elle poursuit sa réflexion. — Attends... du lubrifiant avec protection solaire.

C'est à mon tour de rire. — C'est un marché assez... de niche.

— Pas quand on vit dans un paradis tropical.

— Tu as raison.

— Base d'huile de coco. Saveur rhum épicé. Si on avait un prototype ici, je l'essaierais sur toi tout de suite.

Mon érection vote un enthousiaste oui. — Tu vas faire des millions. Je serai ton investisseur providentiel. Où dois-je signer ?

CHAPITRE 30
Les horloges disparaissent

IVY

— C'était une bonne décision, je dis à Alistair.

— D'accepter d'investir dans l'innovation de ton produit ?

— Oui, ça aussi. Mais je parlais de la décision de rester à l'intérieur pour la soirée. C'est merveilleux de simplement s'installer ici sans avoir nulle part où aller.

C'est toujours un équilibre délicat quand on voyage, faire suffisamment mais pas trop. Je suis généralement coupable de me précipiter à travers les pays pour en tirer le maximum, mais c'est quand on prend le temps de s'imprégner d'un endroit qu'on en fait vraiment l'expérience. Non pas que j'aie beaucoup voyagé avec mes fonds limités et mon complexe carbone, mais j'ai fait ce que je pouvais, dans la mesure du raisonnable. Mes parents trouvent toujours de nouveaux endroits à visiter, me rendant jalouse avec leurs récits d'aventures. En pensant à eux, je me souviens qu'Alistair vient de signer les papiers pour le nouveau logement de Jamie, et une énorme vague d'affection monte en moi.

— Merci encore pour ce que tu fais pour Jamie, je dis, même si je ne pense pas que les mots puissent exprimer adéquatement ma gratitude.

— Je t'en prie, mais tu n'as pas besoin de continuer à me remercier. C'est fait.

D'accord, je pense. Plus de remerciements verbaux. J'ai d'autres moyens. D'ailleurs, je ne peux plus ignorer son énorme érection.

Je me lève de la chaise longue, seins nus et un peu instable sur mes pieds à cause du nombre de cocktails de bienvenue que j'ai bus. — Je n'arrive pas à croire que nous sommes en Thaïlande. Je n'arrive pas à croire que j'ai le droit de séjourner dans une villa privée luxueuse. C'est un rêve.

— Eh bien, répond Alistair, je n'arrive pas à croire que je partage une villa avec la plus belle femme que j'aie jamais rencontrée.

Quand je l'atteins, il s'étire paresseusement pour effleurer à peine ma peau chauffée par le soleil, mais j'en ressens l'intense frisson. C'est ce qu'on veut dire quand on dit que les préliminaires commencent bien avant l'acte principal. J'ai eu des heures et des heures d'échauffement : regarder les palmiers se balancer dans la brise, la lumière dorée, l'étreinte de l'humidité, le rhum épicé. Bien sûr, être en compagnie d'Alistair avec ses abdos sculptés et ses bras puissants n'est pas désagréable non plus, surtout quand nous ne portons presque rien. Et la façon dont il me regarde, avec du feu dans les yeux, ça me fait craquer à chaque fois, que nous soyons sur une île tropicale ou dans la ville grise. Ce feu est plus que du désir. Oui, il y a une ardente envie, mais il y a aussi un amour profond et une protection féroce, dont la combinaison est tout ce dont j'ai besoin pour fondre pour lui. Pour faire n'importe quoi pour lui.

— Putain, tu es particulièrement délectable en ce moment, grogne-t-il.

— Je pensais justement la même chose de toi. Je m'avance légèrement, respirant profondément, la peau picotant à la simple idée de ses mains sur moi.

Alistair gémit doucement, comme si je le touchais, mais nous sommes simplement stimulés par la simple présence de l'autre, électrisés par le désir aigu de l'autre.

— Comment te sens-tu ? demande-t-il. Qu'est-ce qui te ferait plaisir ?

Comment je me sens ? — Je suis chaude, légèrement éméchée, et excitée comme pas possible, je réponds. Je suis d'humeur pour tout ce que tu as en tête.

Connaissant Alistair, quoi qu'il choisisse de me faire, cela se terminera par un orgasme époustouflant, alors je ne suis pas trop difficile sur le chemin que nous choisissons d'emprunter. Il a une façon incroyable de faire ce qu'il sait que j'aime, mais en variant pour que cela ne devienne jamais ennuyeux. Le sexe avec lui n'est rien de moins qu'un cadeau, et après les amants lamentables que j'ai eus dans ma vie, c'est un cadeau que je ne tiens pas pour acquis.

— Où est ce lubrifiant avec FPS quand on en a besoin ? plaisante-t-il.

Le soleil se couche, baignant tout de sa lumière dorée, donc pas besoin de protection solaire. J'enlève le bas de mon bikini et agite mes seins nus vers lui. — Où me veux-tu ?

— Oh, Ivy, répond-il en attrapant ma hanche. Je te veux partout.

Nous commençons sur sa chaise longue alors qu'il m'attire à ses côtés, riant, face à face. La peau chauffée par le soleil se presse contre la peau chauffée par le soleil, son érection comme une énorme tige contre mon ventre doux. Il m'embrasse légèrement tout en caressant mon bras, mon dos, mon cou, mes fesses. Je jure que je pourrais jouir rien qu'avec ces touches extatiques. Je respire son odeur et le temps se dilate ; les horloges disparaissent.

— Ivy. Sa voix est douce.

J'ouvre les yeux, me sentant comme un chat paresseux s'étirant dans les rayons du soleil, et je plonge mon regard dans le sien.

— Je t'aime, dit Alistair.

— Je t'aime aussi, je réponds.

Ses baisers s'approfondissent, et bientôt j'ai l'impression que seuls *nous* existons, seulement nos bouches et nos corps, et rien d'autre n'est réel. Je tombe à travers la chaise longue, à travers le pont en bois chaud, à travers la surface de la terre, sans craindre la chute parce que je sais qu'il me rattrapera toujours.

Alistair verse de l'huile tiède sur mes seins et les masse. C'est si bon que je souhaite qu'il ne s'arrête jamais, mais quand il descend vers mes fesses, je ne me plains pas. Avec des caresses fermes et généreuses de ses paumes chaudes, il prépare chaque nerf au plaisir. Je halète déjà, ressentant déjà le besoin brûlant qu'il soit en moi. Honnêtement, cet homme devrait donner des cours sur la façon de toucher une femme. Il rendrait le monde bien meilleur.

Alistair passe un temps fou à caresser, frotter, masser tout mon corps jusqu'à ce que je sois comme de la pâte à modeler entre ses mains.

— Tu peux honnêtement faire tout ce que tu veux de moi en ce moment, je dis. Je suis à toi de toutes les façons.

Cela le fait grogner à nouveau, et son emprise se resserre, envoyant une impulsion électrique à travers mon bassin. — Oui, tu l'es. Et je vais te montrer ce que ça fait.

CHAPITRE 31
La Ligue des Chattes

ALISTAIR

Je n'ai jamais vu Ivy aussi chaleureuse et détendue. La Thaïlande lui va bien. Elle semble vraiment partante pour tout, ce qui rend ma queue douloureusement dure. Il n'y a pas de meilleure sensation au monde, aucune somme d'argent, aucune expérience ou possession matérielle qui puisse surpasser ça. Avoir la femme la plus sexy du monde, intelligente, indépendante, spirituelle, prête pour toi – non, qui *te désire* – pour que tu la prennes comme tu veux. C'est tout ce qui compte.

Je gémis rien qu'en y pensant, les paumes pleines de sa peau tropicale, et je l'embrasse à nouveau avant de descendre vers ses parties délicieuses, suçant ses tétons sur mon passage. Ivy continue de masser ses seins tandis que je descends en léchant délicatement son ventre et l'intérieur de ses cuisses.

Agenouillé sur le sol, je la tire vers moi pour pouvoir plonger mon visage dans sa chatte.

Putain. J'adore la chatte d'Ivy. J'adore son apparence, son odeur, son goût. Surtout maintenant, quand elle est trempée. Je pourrais la lécher toute la journée.

Avant de commencer, je fouille dans mon sac de voyage à malices – la trousse zippée pour les petits jouets sexuels que j'utilise en voyage – et j'en sors l'appareil Polaroid.

Je prends une photo de la glorieuse chatte d'Ivy, attends quelques secondes qu'elle se développe, puis la lui passe. Elle inspire de surprise – pas tout à fait un halètement – puis glousse.

— As-tu déjà vu une plus jolie chatte ? je lui demande.

— Pour être honnête, je n'en ai pas vu beaucoup.

— Eh bien, moi si, dis-je.

— Si vantard, me taquine-t-elle.

— J'ai vu des dizaines de chattes et la tienne est largement au-dessus. Elle est d'une tout autre catégorie.

Ivy s'esclaffe. — La ligue des chattes.

— Au-dessus de la ligue ordinaire des chattes, je corrige. Je prends une autre photo et la lui passe.

— Oh, oui, je vois maintenant, dit-elle, s'éventant avec la première photographie tout en étudiant la nouvelle. Tu marques un point.

Je ricane et me penche, léchant légèrement son clitoris. Ça la fait frissonner.

— Ça chatouille, dit-elle. Je suis trop excitée pour ça. J'ai besoin que ce soit plus fort.

— Oui madame, je réponds, plus qu'heureux de m'exécuter. Cette fois, je place toute ma bouche sur son clitoris et je suce, bougeant mes lèvres et ma langue à plat en cercles.

— C'est parfait, gémit-elle, essoufflée. Oh mon dieu. S'il te plaît, n'arrête pas.

Oui, madame, je pense, en continuant. Elle se tortille déjà, se contracte, prête à jouir. C'est beaucoup trop tôt, alors je ralentis. Je veux l'amener au bord de l'orgasme pendant un moment.

Ivy prend l'appareil de ma main et prend une photo de moi lui faisant un cunnilingus. Elle me la montre tandis que je continue à la lécher et la sucer. Je grogne directement dans sa chatte, faisant vibrer son clitoris, et elle halète sous la sensation. Putain, j'ai envie de la démolir.

Je commence à la baiser avec ma langue pendant que le bout de mes doigts frotte son clitoris juteux. Sa respiration est saccadée, ses gémissements deviennent plus forts alors que je force ma langue plus profondément en elle. C'est tellement excitant que je me rapproche dangereusement de l'orgasme, juste en goûtant l'intérieur d'elle comme ça, en sentant cette peau satinée sur ma langue. Je dois changer de rythme ou je vais gâcher l'événement principal. Je lève les yeux vers Ivy, qui a fondu sur la chaise longue, et soudain je sais quoi faire ensuite.

— Il est temps de cocher quelque chose sur la liste, ma belle.

— Ooh, répond-elle, une étincelle coquine dans ses yeux auparavant vitreux. Et moi qui pensais qu'on allait juste faire l'amour normalement.

Je ricane. — Ouais, ça n'arrivera probablement jamais.

— Dans ce cas, je vais adapter mes attentes en conséquence.

Je la surprends en enfonçant deux doigts à l'intérieur. Je les pousse aussi loin qu'ils peuvent aller.

— Putain ! crie-t-elle, en attrapant mon épaule. Ouiii.

— Ça fait du bien ? je demande.

Ivy hoche la tête, les yeux grands ouverts, les lèvres entrouvertes. — Plus.

Elle est certainement prête pour plus. — Tu es tellement mouillée.

— Ne me fais pas attendre, supplie-t-elle.

Un troisième doigt glisse facilement. Si chaude et si glissante. Je recourbe mes doigts vers le haut pour caresser son point G et Ivy crie quand je fais contact.

— Oh mon dieu, dit-elle. Juste là. Oh mon dieu !

Je travaille lentement, caressant la zone que je sais la fera gicler si elle se détend suffisamment pour le permettre. Mon pouce travaille lentement son clitoris pendant que mes doigts la caressent à l'intérieur. Plus mouillée que jamais, je suis sûr qu'elle va jouir fort.

— Putain, halète Ivy alors que j'augmente la pression. Tu vas me faire gicler ?

Je lui souris. — Je vais essayer.

Elle gémit et rejette sa tête en arrière. Je prends une photo de travers avec ma main libre, puis je la soulève avec la serviette et la déplace de quelques pas pendant qu'elle glousse d'être portée. Je la place doucement à la base de la douche en pierre lisse, la serviette offrant une certaine protection pour son dos, et je glisse un coussin de chaise longue sous sa tête. Je décroche le pommeau de douche et, m'assurant que l'eau est chaude, je commence à asperger son corps, en prenant soin de ne pas mouiller son visage. Quand je vois qu'elle l'apprécie, j'augmente la pression.

— Ça fait tellement du bien, dit-elle alors que j'arrose ses membres, son ventre, ses seins. Je passe sous ses bras, sous ses oreilles, sous ses pieds pendant qu'elle soupire de plaisir. La pression et la chaleur de l'eau forment une bonne combinaison, et bientôt elle est de nouveau comme de la gelée. Elle est prête.

CHAPITRE 32
Jaillissement

IVY

Putain de merde. C'est un autre monde. J'ai l'impression d'être morte et d'avoir rejoint un océan bienheureux qui me caresse exactement là où il faut. Je sais que j'ai l'air mélodramatique — ce n'est qu'une douche extérieure, pas une orgie — mais avec le rhum épicé qui coule dans mes veines, entre les mains de ce dieu du sexe, c'est vraiment impressionnant. Je sais pourquoi il m'a mise sous la douche. C'est pour que je me sente à l'aise quand je laisserai échapper mon éjaculation. On dit que ça ressemble à l'envie de faire pipi, donc beaucoup de femmes se retiennent, mais la seule façon d'éjaculer, c'est de se laisser aller. Est-ce que je ferais ça dans un lit hors de prix, sur des draps en coton égyptien à je ne sais combien de fils ? Non. Est-ce que je le ferais dans une douche extérieure de villa où le désordre n'a pas d'importance ? Alistair semble le penser. Il a avoué qu'il était doué pour ce tour particulier.

— Attends, lui dis-je. Baise ma gorge d'abord.

J'adore avoir sa queue dans ma bouche, surtout quand elle est si dure.

Il place le pommeau de douche dans ma main, et j'écarte instinctivement les jambes pour diriger l'eau vers mon clitoris. C'est divin. Puis il s'agenouille de chaque côté de l'oreiller et dirige sa queue vers ma bouche. La mèche de mon orgasme est allumée — l'eau chaude qui martèle ma chatte, la délicieuse queue dure comme pierre d'Alistair dans ma bouche, et tout mon corps qui vibre de désir.

J'ouvre grand les lèvres, lui montrant que je suis prête à le prendre plus profondément. Je masse ses couilles tandis qu'il incline ses hanches pour permettre à plus de sa longueur d'entrer. J'ouvre plus grand, voulant chaque dernier centimètre. Alistair me surveille attentivement, toujours l'amant tendre, pour s'assurer que je ne suis pas mal à l'aise. Parfois, j'aimerais qu'il ne soit pas si prudent. Parfois, j'ai envie qu'il me traite comme une salope qui aime la brutalité. J'aborderai ce sujet lors de notre prochaine réunion « oui-non-peut-être » arrosée au champagne.

Pour l'instant, je veux juste plus. Je croise son regard et fais un signe de tête, ouvrant ma bouche aussi grand que possible. Alistair comprend le message. Une main contre le mur pour se stabiliser et l'autre dans mes cheveux pour avoir de l'élan, il commence à balancer ses hanches, sa queue énorme allant jusqu'au fond de ma gorge pour que je puisse avaler son gland. C'est si érotique pour moi que je suis sur le point de jouir. Mon clitoris pulse sous le flot d'eau chaude. Tandis qu'Alistair baise doucement ma gorge, mon orgasme commence à monter. Je le tiens à distance, voulant que ce moment dure aussi longtemps que possible. Je commence à voir des étoiles et je sais que j'ai besoin de respirer, mais je ne veux pas qu'il s'arrête. Je me sens étourdie et pense que je vais m'évanouir, mais Alistair se retire, me permettant de reprendre mon souffle. Je suis euphorique quand il remet ses doigts en moi et recommence à masser mon point G. Je sais que quand ma vessie chante comme ça, je suis proche de l'éjaculation, mais je n'y suis jamais arrivée. Alistair augmente la pression et les picotements s'intensifient. C'est presque trop. Au lieu de résister, je me laisse aller à cette sensation étrange, stimulant mon clitoris pour m'aider à y arriver. Je suis tellement mouillée, plus l'eau de la douche, alors je me demande si on remarquera même si j'éjacule, mais ensuite j'ai la plus forte envie de faire pipi et je sais que ça arrive. Je respire à travers l'urgence, essayant de me laisser aller, mais mon corps pré-orgasmique est si tendu que ça semble impossible.

— Tu y es presque, murmure Alistair. Si proche.

Sans voix, lèvres entrouvertes, je hoche la tête. Je peux le sentir. Il y va plus fort, je vais plus vite. Bientôt il n'y a plus aucun doute dans mon esprit que j'éjaculerai parce que j'ai l'impression que tout le liquide de mon corps se précipite vers mon urètre.

— Jouis pour moi, Ivy.

— Pu-tain, je gémis. Putain-putain-putain. Je vais jouir. Il a intérêt à ne pas s'arrêter. Il a intérêt... *putain !*

Je me surprends à crier alors que cette sensation bizarre me transperce. Mes muscles expulsent spontané-ment les doigts d'Alistair et je me plie en deux sous la force de l'orgasme, laissant tomber le pommeau de douche.

— Oui, oui, oui, siffle Alistair.

Une incroyable libération cascade à travers mon corps. Une fontaine chaude. Je jaillis sur sa main expul-sée, sur la serviette mouillée et le sol de pierre lisse. Je dois avoir l'air choquée parce qu'Alistair ricane.

— Ça va ? demande-t-il.

Toujours incapable de parler, je hoche la tête. Il remet ses doigts en moi et je suis sur le point de protester parce que je suis presque certaine qu'il ne reste rien, mais immédiatement je ressens cette urgence à nouveau.

Pas possible. Mais c'est là, juste là. Je laisse échapper un gémissement guttural et recommence à me frotter.

Alistair se joint à moi dans ce gémissement grave, travaillant ses doigts comme le dieu qu'il est, et c'est juste quelques secondes avant que je ne couine et jaillisse à nouveau.

— PUTAIN ! je m'exclame. J'ai l'impression que tout mon corps est une flaque chaude.

— C'est tellement excitant, murmure-t-il à mon oreille.

— J'ai besoin de toi, je réponds. Malgré la libération intense, éjaculer m'a rendue plus excitée que jamais. J'ai besoin que tu me baises à m'en faire perdre la raison.

Alistair sourit. — Ce sera un privilège et un plaisir.

— Je veux ta grosse et magnifique queue en moi tout de suite. Je ferais n'importe quoi, dirais n'importe quoi, tellement je suis désespérée. Je l'attrape et l'embrasse fort, et il retourne ma passion.

La sonnette retentit.

Je me fiche de qui c'est. Ce pourrait être le roi de Thaïlande pour ce que j'en ai à faire. — Ignore-la !

Alistair se dégage de mon emprise ferme, riant. — Je vais répondre. Tu verras pourquoi.

CHAPITRE 33

Sandwich lubrique

ALISTAIR

J'adore voir Ivy comme ça, entièrement offerte et excitée comme pas possible. C'est mon rêve, vraiment. Que pourrais-je désirer de plus ? Mais il y a encore des surprises pour nous, et quand j'ouvre la porte, je ne suis pas déçu. Une magnifique Thaïlandaise se tient là en bikini et dans un paréo en coton presque transparent, blanc et or, qui met en valeur sa peau caramel. Elle me sourit, toutes dents blanches dehors et yeux pétillants.

— Chailai ? je demande, et elle hoche la tête. On m'a prévenu qu'elle ne parle pas anglais, mais ce service particulier que j'ai commandé ne nécessite aucune conversation. Je propose de prendre son sac – une sorte de glacière rectangulaire – mais elle écarte ma main. Je conduis Chailai dehors jusqu'à notre terrasse près de la piscine, où Ivy s'est hâtivement enveloppée d'une serviette fraîche.

— *Sawadee ka*, dit Ivy en inclinant la tête.

— *Sawadee ka*, répond Chailai.

Elle ouvre sa sacoche et en sort un rouleau de bâche noire qu'elle étale sur la terrasse. Elle travaille rapidement, avec des gestes précis. Ce n'est clairement pas sa première fois. Ivy me regarde, perplexe, puis observe Chailai qui déballe maintenant deux grands thermos.

— J'ai presque peur de demander, chuchote Ivy.

— Je comprends tes appréhensions, je réponds.

— Je ne sais pas ce que tu as prévu, murmure Ivy. Mais la bâche noire n'inspire pas vraiment confiance.

— Parce qu'on l'utilise habituellement pour se débarrasser des cadavres ? je la taquine.

— Ce serait drôle si ce n'était pas vrai, réplique-t-elle.

— Si ça peut te rassurer, les bâches noires sont incontournables dans certaines soirées libertines... et généralement, tout le monde en sort vivant.

— Hmm, répond Ivy. Toujours pas convaincue, à vrai dire.

— Dans ce cas, je vais devoir te le prouver.

Ivy hausse les sourcils d'un air espiègle. — J'ai hâte de voir ça.

Chailai hoche la tête et fait un geste vers la bâche. Elle est prête pour nous.

— Tu n'auras pas besoin de cette serviette, dis-je à Ivy, en baissant mon short et en le jetant sur la chaise longue. Elle hésite, puis, me voyant nu, s'exécute. La serviette tombe sur les lattes en bois de la terrasse. Nous nous allongeons et Chailai nous sourit comme s'il était parfaitement normal qu'un couple nu s'étende devant elle sur une toile noire. Elle retire son paréo, révélant un corps mince parfait. Les yeux d'Ivy s'écarquillent tandis que la femme dévisse le bouchon du premier thermos.

— Je me demande toujours si je vais m'en sortir vivante, plaisante-t-elle.

— Comme si je ferais quoi que ce soit qui risquerait de te perdre, je réponds, sans plaisanter cette fois.

Je sens le lait de coco et la vanille. Du miel. De la citronnelle. Chailai s'approche et s'agenouille entre nous. Elle verse quelques gouttes du lait parfumé sur les seins d'Ivy, puis sur ma poitrine. C'est chaud et velouté, et c'est encore meilleur que l'odeur. Elle s'occupe de nous tour à tour, versant davantage à chaque fois, jusqu'à ce que nous soyons couverts et glissants.

— C'est incroyable, ronronne Ivy, entrelaçant ses doigts avec les miens.

— J'ai hâte de le lécher sur toi, dis-je.

— Qu'est-ce que tu attends ?

— Tu verras, je réponds.

Une fois le thermos vide et que nous sommes pratiquement en train de nager dans ce bouillon de coco chaud et sucré, Chailai enlève son minuscule bikini et nous rejoint. La bouche d'Ivy s'ouvre en grand.

— Ça va ? je demande. J'admets que c'est un peu tard pour poser la question, mais c'est toujours délicat d'équilibrer entre surprendre quelqu'un sexuellement *et* obtenir son consentement plein et immédiat.

— Plus que bien, répond Ivy, les yeux toujours écarquillés.

— Je sais que tu as un faible pour les filles en bikini doré, je la taquine. Alors je l'ai commandée spécialement pour toi.

Dans un autre lieu et un autre temps, dire que j'avais « commandé » une fille m'aurait fait grimacer. Mais là, c'était Ivy, Chailai et moi, et nous étions tous les trois partants à cent pour cent.

Chailai retourne Ivy sur le ventre, puis utilise tout son corps pour la masser, glissant de partout dans le liquide blanc et crémeux tandis que je regarde – et essaie de ne pas baver. Elle a un rythme incroyable, et ce massage est une performance belle et sensuelle. Je prends une poignée de lait et commence à me caresser, mon sexe gonflé dans mon poing. Le liquide est si chaud et glissant et je suis dur depuis si longtemps, qu'il est presque tentant de me finir – mais je ne suis rien sinon un homme patient, surtout si attendre signifie pouvoir baiser Ivy sur cette glissade parfumée.

Chai continue de pétrir et de glisser tandis qu'Ivy gémit sous elle. — Je ne... veux... jamais... que ça... s'arrête.

Elle retourne Ivy et s'attaque au devant de son corps, commençant par frotter leurs tétons ensemble, puis un massage complet sein contre sein, poitrine contre poitrine. Je peux voir à la façon dont Ivy est allongée qu'elle s'est totalement abandonnée.

Mes caresses s'accélèrent, mais Chai n'aime pas me

voir seul. Elle grimpe sur moi, glissant et coulissant, puis fait signe à Ivy de grimper sur elle, formant ainsi un sandwich lubrique. Ivy tient mes mains au sol, de chaque côté de ma tête, pendant que Chai se tortille entre nous. Bien qu'il n'y ait aucune pénétration, c'est sans doute l'une des expériences les plus érotiques de ma vie.

Ivy cesse de gémir de plaisir et commence à glousser en essayant de rester en équilibre. Une fois que Chai décide que nous en avons eu assez, elle se glisse d'entre nous et prend le thermos restant. Je ne sais pas s'il s'agit de plus de lait de coco ou d'eau chaude pour nous rincer. J'ai tort dans les deux cas car quand elle revient vers nous avec le thermos ouvert, il y a une odeur différente. Chocolat noir et... rhum épicé ?

Chai nous fait signe de continuer, alors je suce les incroyables tétons d'Ivy – ils durcissent sous ma langue avide – pendant que mes doigts retrouvent le chemin de son sexe. Elle est toujours gonflée et sensible, et ma queue a presque son propre esprit, ne voulant rien d'autre que plonger dans sa chatte serrée et humide que j'ai appris à si bien connaître.

Patience, je me dis, mais ma bite ne veut plus attendre. Pour sa défense, elle est prête depuis des heures maintenant. Chai plane avec le thermos, m'attendant. S'il y a un moment propice pour jouir, ce sera probablement pendant que le chocolat coule.

— Tu te souviens de la fontaine de chocolat

humaine ? je demande à Ivy, mes doigts en elle. Ça semble être il y a une éternité.

— Bien sûr, rit-elle. Comment pourrais-je oublier ?

— Eh bien, j'ai vu ça sur un menu de services, et j'ai pensé qu'on pourrait revisiter ce souvenir.

— Voilà un menu que je veux voir, répond Ivy, haletant légèrement. Comment s'appelle ce service particulier ?

Je n'en avais jamais entendu parler, ni même imaginé – d'où mon intérêt. — L'onction sensuelle.

Ivy sourit ironiquement. — L'onction ? N'est-ce pas un truc religieux ? Un truc divin ?

— Tu es mon truc divin, dis-je, en bougeant lentement mes doigts en elle. Tu es tout. Ma Reine de Tout.

Ses muscles se contractent autour de mes phalanges. C'est le moment.

Je me glisse enfin en elle, si compacte et glissante que je dois respirer, dois me ressaisir pour ne pas exploser immédiatement. Son gémissement me pousse presque au bord du précipice dont je m'éloigne.

— Alistair, halète Ivy. Alistair.

Je plonge mon regard dans ses yeux, mes doigts dans ses cheveux, puis l'embrasse longuement et profondément tout en me balançant lentement en elle. Je ressens son plaisir comme s'il était le mien, comme si j'avais perdu les frontières mêmes de mon corps. La respiration d'Ivy s'approfondit, un autre orgasme approchant parallèlement au mien. Je sens Chai bouger et me prépare au contenu du thermos. Le chocolat fondu coule sur mon dos, presque aussi chaud que de la cire de bougie. Je siffle à travers ce mélange enivrant de plaisir et de douleur. Le chocolat coule sur moi, gouttant sur Ivy en dessous. Je lèche les gouttes que je vois sur ses joues et sa poitrine, puis étale du chocolat sur ses seins avant de le sucer. Je fais cela encore et encore ; nous sommes pris dans une boucle béate de déversement, d'étalement et de succion.

Ivy ouvre les yeux et glousse. — Tu as un peu de..., dit-elle, en faisant un geste vers son visage pour me faire comprendre que j'ai du chocolat partout sur le mien.

— Vraiment ? je réponds.

Quand elle glousse à nouveau, j'enroule mes bras autour d'elle et la soulève pour la retourner afin qu'elle soit au-dessus. Quand Chai verse le chocolat sur son dos, elle halète, et je prends une poignée pour l'étaler sur tout son visage. Elle arrête de rire. — Tu n'as *pas* osé faire ça.

Je hausse les épaules, essayant de ne pas sourire.

Elle me lance un faux regard noir, les yeux plissés, le visage dégoulinant. Nous devons ressembler à des gens qui viennent de ramper dans la boue. Nus.

Ivy prend le thermos des mains de Chai et le vide entièrement sur moi. Je crie de surprise et de plaisir, me sentant à nouveau comme un enfant. Je le lui arrache et l'éclabousse avec ce qui reste, puis soudain nous sommes en train de lutter l'un contre l'autre, riant, nous débattant, proches et chauds, dans une mare de chocolat chaud.

Bientôt, nous sommes à bout de souffle et d'énergie,

mais pas avant que je n'attrape les bras d'Ivy et la plaque au sol, encore glissante du lait de coco et du chocolat. L'odeur est enivrante. Elle pousse un petit cri de joie alors que je la piège, grondant contre son cou. Elle fait semblant de me résister mais son corps a cessé de lutter. Tout ce dont elle est capable maintenant sont quelques poussées à moitié convaincues, mais je la tiens fermement et elle ne s'échappe pas.

— Je te tiens, je grogne.

— Tu m'as toujours eue, halète Ivy.

J'enfonce ma queue droit en elle, et elle crie. Elle me griffe le dos tandis que je la pénètre aussi profondément que je le peux, la tenant fermement, la dominant, la baisant comme un animal sauvage. Plus fort et plus vite, forçant ses muscles serrés jusqu'à son centre, droit vers son point A – cette petite poche entre le col de l'utérus et la paroi que je sais qu'elle adore. Le corps d'Ivy se tend sous moi, mais je continue. Son gémissement roulant se transforme en un cri alors que l'orgasme la saisit et la secoue. Je ramasse du chocolat sur sa poitrine et l'étale sur ses lèvres entrouvertes. Elle gémit et suce mes doigts tout en jouissant, puis je me penche pour l'embrasser, goûtant le chocolat, la goûtant elle. Son sexe serrant toujours ma queue qui la pilonne, je me libère enfin et hurle tandis que mon orgasme déchire mon corps.

CHAPITRE 34

Ce fichu bikini

IVY

— Putain de merde, dis-je en me frottant les yeux. C'est tôt le matin, mais la chaleur tropicale de la journée est déjà là.

— Bonjour, ma belle, murmure Alistair, alias le dieu du sexe et de l'onction sensuelle, en posant une tasse de café sur ma table de chevet en bambou.

— Est-ce que ça s'est vraiment passé ? Ma tête tourbillonne avec les souvenirs surréalistes de la nuit précédente. Ce n'est pas possible. Seul un étrange rêve érotique pourrait expliquer les pitreries de la nuit dernière.

Alistair rit doucement. — Oh, ça s'est bien passé. Je pense que j'ai encore du chocolat dans les cheveux.

J'éclate de rire – pas à cause de ça, mais à cause de l'absurdité de notre lutte et du plaisir que nous y avons pris.

— Et Chailai ? je demande. Une minute je prenais la fiole de ses mains, et la suivante elle avait disparu.

— Elle a dû sortir d'elle-même, dit Alistair. C'était un service prépayé.

— J'espère que tu lui as laissé un pourboire. Elle était incroyable.

Il ouvre ses paumes, ses biceps se contractant. — Tu me connais, non ?

— Je te connais, je réponds en souriant, attrapant sa main pour l'attirer dans le lit.

— Je dois faire de l'exercice, dit-il.

— Ça tombe bien, dis-je en attrapant ses fesses. J'ai aussi besoin de faire de l'exercice.

— Ne me tente pas, répond-il.

— Pourquoi pas ?

— Parce que tu en auras plus que prévu.

— C'est ce que j'espère, dis-je en lui serrant les fesses.

— Eh bien, raisonne-t-il. Je suppose que je devrais vérifier s'il te reste du dessert.

Je hoche la tête. — Ce serait la chose responsable à faire.

Alistair commence à me mordiller le cou, et mon corps frissonne de partout.

Mon sang commence à affluer vers tous les bons endroits, puis la sonnette retentit. Je ris. — Laisse-moi deviner... onction au bacon et aux œufs ?

Il s'avère que c'est quelque chose de bien plus délicieux. Un petit bébé nommé Alexander et la charmante Brumilde.

— Nous allons à la plage, annonce-t-elle. Elle respire la crème solaire et l'été. — Quelqu'un veut se joindre à nous ?

Alex est si mignon dans sa tenue de plage et son chapeau à larges bords.

— Certainement ! je réponds en tapant dans mes mains et en les tendant pour voir si Alex veut venir vers moi. Il hésite une seconde puis imite mes bras. Je le serre contre moi et l'embrasse sur le front avant de l'installer sur ma hanche. — Regarde-toi ! Tout prêt pour la plage. Le visage brillant de crème solaire, il me sourit.

Alistair nous fixe, alors je lui donne un petit coup. — Nager dans la mer ?

Il sort de sa rêverie et sourit. — Ça me semble parfait.

Nous nous dirigeons vers la plage privée au bout d'un charmant mais solide ponton en bois. Le sable de la plage est immaculé, et l'océan bleu étincelant est aussi calme qu'un lac. Des chaises et des parasols ont déjà été installés pour nous, ainsi qu'un énorme plateau de fruits frais expertement découpés. Mangue, litchi, ramboutan, ananas, papaye, fruit du dragon et toutes sortes de baies – certaines que je ne reconnais pas. Il y a aussi de la noix de coco, ce qui me rappelle la nuit précédente, et mes joues se réchauffent un peu à ce souvenir. Je prépare un petit bol pour Alex et le pose sur une grande couverture de pique-nique à l'ombre, puis je m'assois et le regarde goûter les différents fruits. Quand il goûte l'ananas, il grimace à cause de son acidité, mais en reprend immédiatement, ce qui fait rire Brumilde et moi.

— Café ou champagne ? demande Alistair.

— Pourquoi devoir choisir ? je réponds.

— Bien vu, concède-t-il, et il commande les deux.

— Viens voir Alex manger de l'ananas, dis-je, et il traverse le sable chaud et poudreux jusqu'à nous. Avec un timing parfait, le bébé prend une bouchée et plisse un œil. Nous rions tous, et cette fois Alex se joint à nous. La main puissante d'Alistair repose sur le bas de mon dos, et quand je lève les yeux vers lui, il m'embrasse.

— C'est parfait, dis-je.

— Oui, acquiesce-t-il. Ça l'est.

Nous passons la matinée allongés sur la plage, alternant entre l'ombre et le soleil, la terre ferme et l'eau, le café et le champagne. L'eau de mer est comme un bain, mais étrangement rafraîchissante quand même. Je regarde Alistair, avec ses muscles ondulants et son visage à tomber par terre, assis dans les eaux peu profondes avec bébé Alex, éclaboussant dans les flaques et jouant avec le sable mouillé. Ils ont réquisitionné les ustensiles de service en bambou comme jouets de plage. Les enceintes cachées dans les parasols diffusent Jack Johnson, John Mayer et Norah Jones en aléatoire.

— Il a toujours été bon avec les enfants, dit Brumilde, levant les yeux de son énorme roman – le dernier Kristin Hannah – que je lui envie un peu.

— L'aîné l'est généralement, je pense, je réponds – en pensant peut-être à moi-même.

— Pas toujours, rétorque-t-elle. Mon frère était un véritable fléau.

Je pense à Jamie, qui ne m'a jamais dit une chose méchante de toute ma vie. Je suppose que c'est l'un des avantages d'avoir un frère né avec un chromosome supplémentaire. Le dernier message vocal de maman m'avait informée de la façon dont ils préparaient Jamie pour sa nouvelle maison. Il sortirait de l'hôpital dans quelques jours et les délais s'aligneraient parfaitement. Cette pensée m'incite à prendre mon téléphone, chose que je n'avais pas beaucoup faite ces derniers temps parce que vivre dans le moment présent était infiniment supérieur à tout ce que je pouvais trouver sur mon téléphone. C'est un changement radical par rapport à ma vie avant de rencontrer Alistair, quand les applications étaient un répit bienvenu face à ce qui semblait être une réalité assez désespérée.

J'envoie un texto à maman.

N'achète pas encore de matériel artistique pour Jamie, s'il te plaît. Alistair a dit qu'il aimerait s'en charger. <3

Maman

Cet homme est un trésor !

Oui, c'est vrai.

Maman ne sait pas encore pour bébé Alex. Elle sera absolument aux anges d'apprendre qu'elle a un petit-fils instantané. Je prends rapidement une photo d'Alistair et

Alex en train de jouer. Je la lui enverrai plus tard. C'est agréable de garder ce secret pour l'instant. Becks, par contre, me tuera absolument si je lui cache ça. Je grimace et tape rapidement un message.

Becks. Il y a eu... des développements.

Elle se connecte et commence à écrire.

Rebecca Bradley

Je me prends un café pour m'installer confortablement.

Des développements bons ou mauvais ??

La mauvaise nouvelle, c'est qu'on a dû quitter le pays pendant quelques jours.

Ooh. Laisse-moi deviner... la bonne nouvelle, c'est aussi que vous avez dû quitter le pays pendant quelques jours ?

À peu près. On est à Koh Samui.

Espèce de dévergondée.

[Emoji qui rit]

C'est génial ? Chaud, ensoleillé, plages blanches, palmiers ?

Oui.

Quelle veinarde !

Contente pour toi mais pas contente que vous ayez *dû* y aller. C'est grave à quel point ?

On a été attaqués sur la route. Putain de Kalachnikovs.

C'EST QUOI CE BORDEL IVY

TU ES SÉRIEUSE LÀ ?

NE DÉCONNE PAS C'EST PAS MARRANT

Je ne déconne pas. C'était réel et terrifiant. Je te raconterai tout autour d'un ramen.

Au diable les ramens, tu m'emmènes dans un pub étoilé au Michelin.

C'est juste. Marché conclu. Va peut-être falloir procéder à cette refonte plastique totale dont on a parlé la dernière fois.

Je vais commencer à rassembler des photos de célébrités de second rang dans HELLO. Quel genre de nez veux-tu ?

Morte.

Espérons que les opérations éviteront cette issue.

Je ris toute seule quand Brumilde soupire, s'étire et se lève. — Je crois qu'il est temps que je ramène Alex à la maison pour le déjeuner et une sieste.

Un déjeuner et une sieste dans une villa climatisée semblent incroyables.

Toujours maternelle, elle me tend une bouteille d'eau. — N'oublie pas de t'hydrater.

— Merci Brumilde, dis-je. Pour tout.

Elle me fait un clin d'œil et va chercher le bébé, drapant son châle de coton fin sur son dos et ses épaules.

— On se voit pour dîner ? Je suis si excitée à l'idée de goûter la cuisine locale que ma bouche salive rien que d'y penser.

— Pas ce soir, merci, ma chérie. Je n'aurai pas l'énergie pour sortir. Je vais me blottir avec Alexander, un paquet de biscuits, et regarder *Strictly*.

— Ça a l'air super bien. Je souris et embrasse la main potelée d'Alex. — Tu vas me manquer, petit saucisson. À bientôt, d'accord ?

Alexandre est déjà à moitié endormi ; ses paupières sont lourdes, son corps détendu contre le côté de Brumilde. Elle lui caresse le dos en le portant jusqu'à la poussette sur le ponton, lui murmurant à quel point il va bien dormir, et qu'elle pourrait bien se blottir et le rejoindre au pays des rêves.

Je sursaute quand je sens des gouttes d'eau me toucher. Quand je lève les yeux, je dois me protéger du soleil.

— Il est temps d'enlever ce fichu bikini, dit Alistair.

CHAPITRE 35

Sel Marin & Champagne

ALISTAIR

Voir Ivy regarder le bébé d'un air rêveur me fait ressentir autant d'affection que d'alarme. Je ne m'arrête pas pour interroger mes sentiments. Au lieu de cela, j'asperge un peu d'eau sur elle pour la sortir de sa rêverie. Elle glousse et lève les yeux vers moi, plissant les yeux et se protégeant du soleil qui semble plus fort que d'habitude, et certainement plus chaud que tout ce que nous connaissons au Royaume-Uni.

— Si tu veux me faire sortir de ce bikini, il faudra te battre avec moi pour l'avoir.

— Ah bon ? dis-je en souriant. C'est comme ça que ça va se passer ?

— Oui, répond-elle. C'est comme ça que ça va se passer.

— Je serais ravi de t'affronter. En fait, ce serait un plaisir.

Ses yeux pétillent de malice.

— Alors qu'est-ce que tu attends ?

Avant qu'elle ne puisse se préparer, je me lance sur elle, l'attrape et la soulève dans les airs. Elle pousse des cris et se débat, riant, me frappant à moitié.

— Repose-moi, espèce de brute !

— Pas question, José.

Elle se débat toujours, mais je la tiens fermement. Je me dirige vers l'eau.

— N'ose même pas ! crie-t-elle. N'ose même pas !

Elle n'utilise pas son mot de sécurité, alors je continue. Quand nous arrivons au niveau des genoux, elle me donne un coup de coude dans les abdos qui me plie en deux. Elle pousse un cri strident alors que je manque de la laisser tomber dans l'eau. Je simule un gémissement de douleur.

— C'est bien fait pour toi ! rit-elle, mais je vois qu'elle s'inquiète de m'avoir fait mal. Pour lui prouver le contraire, je ris et la projette en l'air comme si j'allais la lancer. Elle hurle à nouveau et s'agrippe à moi comme si sa vie en dépendait. Ses bras sont autour de mon cou alors que nous sommes dans l'eau jusqu'à la poitrine. Je la laisse doucement se mettre debout pendant que nous nous embrassons. L'envie de se battre la quitte tandis que nous nous enlaçons, et je peux goûter le sel marin et le champagne sur ses lèvres.

Je gémis dans sa bouche.

— Putain. Tu es juste... délectable.

— Continue, me taquine-t-elle en battant des cils.

Je ricane tout en dénouant le haut de son bikini, ses seins voluptueux rebondissant. Je caresse ses tétons du pouce, inspirant profondément. J'accroche le bikini autour de mon cou pour ne pas le perdre, puis je reviens à ses tétons, suçant autant de son sein que je peux prendre en bouche. Putain, la sensation dans ma bouche pendant que l'eau clapote doucement contre nous, le soleil dans mon dos. Ma queue s'éveille, tressaillant dans la mer tempérée.

— Où est ce lubrifiant SPF quand on en a besoin ? plaisante-t-elle.

— On n'a pas besoin de lubrifiant, je réponds.

— Quoi ? Hérésie ! Qui es-tu, toi ?

— On n'a pas besoin de lubrifiant parce que je vais rester ici à profiter de tes magnifiques seins pour toujours. Jusqu'à la fin des temps.

Ivy rit.

— Il risque de faire un peu froid ce soir.

— Ça m'est égal.

— On aura faim.

— Ton corps est toute la nourriture dont j'ai besoin.

— Et ma personnalité pétillante.

— C'est un bonus supplémentaire.

Joueuse, elle me frappe le flanc, et l'eau produit un excellent bruit de claquement, ce qui me fait penser à lui donner une fessée. Ça me rend encore plus dur.

— Attention, dis-je. Tu me donnes des idées.

Je tire son corps vers le mien, jusqu'à ce que presque chaque partie de nous se touche. Elle se frotte contre mon érection et respire dans mon oreille, me donnant la chair de poule.

— Bon sang, Ivy, je grogne. Si tu n'arrêtes pas ça, je vais te baiser ici et maintenant.

Elle maintient la pression.

— C'est bien une plage privée, non ?

Je la soulève et la porte vers les bas-fonds, puis l'allonge et l'embrasse, lui retirant le bas de son bikini. Elle pousse un cri quand l'eau vient lécher sa chatte nue.

Je sais que je ne peux pas la baiser ici – le sable rend ça impossible – mais je peux la faire jouir. Je m'allonge avec mon corps dans l'eau peu profonde et ma tête entre ses jambes et la lèche lentement, la savourant comme si c'était mon dernier repas sur terre. Ivy se tortille et gémit, et je continue simplement, savourant son goût, la sensation de sa peau douce et soyeuse sur ma langue. J'adore la façon dont sa chatte s'épanouit quand elle est si excitée. Quand je sens ses doigts dans mes cheveux, je sais qu'elle est près de jouir. J'augmente mon rythme, souhaitant pouvoir plonger ma queue dans son trou juteux et gonflé. Je grogne à cette pensée, ma bouche vibrant sur son clitoris alors que je le suce, et elle crie. Je commence alors à fredonner, un long grognement grave, et elle crie et griffe mes épaules tandis qu'elle jouit, ses hanches ondulant avec des vagues de plaisir.

Satisfait de ma performance, mais toujours terriblement excité, je rends à Ivy le haut de son bikini.

— Tu es sûr ? demande-t-elle. Ça te va si bien. On devrait peut-être t'en acheter un doré.

Je lui donne une fessée, et elle glousse.

— On n'a pas encore eu de vraie séance de fessée, dit-elle.

— On n'a pas fait un pour cent des choses que j'ai envie de te faire, je réponds.

— Imagine qu'on puisse vivre ici. Imagine qu'aucun de nous n'ait à travailler, et qu'on passe toute la journée à se baiser de nouvelles façons.

— Mon Dieu, Ivy. Tu sais comment rendre un homme fou. Comment pourrai-je jamais retourner au bureau après que tu aies dit ça ?

— On pourrait vivre dans une hutte. Zéro responsabilité à part attraper occasionnellement un poisson pour le dîner.

— D'accord, je ne suis pas très fan de l'idée de la hutte.

Elle rit.

— D'accord. Un manoir sur la plage. Mais un petit.

— Un petit manoir, dis-je d'un ton neutre. C'est faisable.

— On pourrait apprendre à naviguer. On pourrait piller des yachts de luxe. On pourrait devenir des pirates.

— Tu lis trop de livres.

— Ha. Ça n'existe pas, trop de livres.

— Tu ferais une pirate sexy, quand même, dis-je. Cache-œil ?

— Bien sûr. Et une jambe de bois.

Je ricane.

— Sexy.

— Je sais, hein ? sourit-elle. Mais je dois te prévenir, ma barbe sentira l'anchois.

— Tu ne peux pas me faire peur, je réponds. Ta barbe sent déjà l'anchois.

Elle éclate de rire et me pousse.

— Tu es le pire.

— Ce n'est pas moi qui fantasme sur Bill la Bernacle à la jambe de bois.

— C'est vrai. Betty la Bernacle à la jambe de bois ?

— Non, merci.

— Suzie Scorbut la Borgne ?

— Je pense que le champagne t'est monté à la tête. Tu t'es bien hydratée ?

— C'est exactement ce que Brumilde a dit ! Je jure que vous êtes parents.

— Nous le sommes. Juste pas par le sang.

— Je l'adore, dit Ivy. Et Alex. Et le reste de ta famille de dingues, aussi.

— Là, tu vas trop loin. Tu hallucines.

— Des orgasmes exceptionnels peuvent faire ça.

— C'est vrai. Prête pour le déjeuner ?

Elle se mord la lèvre.

— Ça dépend de ce qu'il y a au menu, répond-elle en tendant la main vers ma queue.

CHAPITRE 36
Pussy Galore

IVY

Nous arrivons tôt pour dîner au célèbre restaurant Coconut Grove. Nous sommes épuisés par la chaleur de la journée, le flot incessant de champagne... et Alistair veut me « mettre au lit de bonne heure ». Je n'ai pas protesté. Nous empruntons une magnifique allée bordée d'arbres éclairée par des dizaines de lanternes, dont certaines plus petites suspendues aux arbres qui ressemblent à des lucioles lorsque la brise les fait pirouetter. Le restaurant est situé sur une vaste plantation de cocotiers surplombant l'océan. La personne qui a pris notre réservation nous a conseillé de goûter absolument l'eau de coco fraîche, que l'on boit directement dans la coque. Ça semblait simple et rafraîchissant, et j'avais hâte d'y goûter.

Le décor du restaurant trouve un équilibre entre élégance et confort décontracté. Le plafond est tressé de feuilles de palmier, ce qui paraîtrait rustique si ce n'était pour la finesse incroyable du travail, avec un design complexe et artistique. D'énormes fougères évoquant la forêt s'élèvent des coins de la pièce, et des orchidées pendent un peu partout. Nous nous installons à une table nappée de blanc, le visage séduisant et légèrement bronzé d'Alistair illuminé par la bougie qui brûle au centre.

— C'est parfait, dis-je. Je me sens si légère. Nos problèmes réels et urgents semblent à des années-lumière.

— Je fais de mon mieux pour te plaire, répond Alistair.

— J'ai invité Brumilde, mais elle voulait passer une soirée tranquille.

— Dieu merci, dit Alistair. Si elle était là, nous devrions nous tenir correctement.

— Nous devons nous tenir correctement, le réprimandé-je. Les Thaïlandais sont très respectueux. Nous ne pouvons pas agir comme des barbares.

— La barbarie n'est pas exactement ce que j'avais en tête.

Je hausse les sourcils.

— Qu'as-tu en tête, alors ?

— Ah, tu sais, soupire-t-il en plaçant ses mains derrière sa tête. L'habituel. Une fellation rapide quand personne ne regarde.

Je m'offusque.

— Je suis peut-être douée, mais pas à ce point. En

plus, nous devrions nous concentrer sur la nourriture. Ce n'est pas tous les jours qu'on a l'occasion de goûter à une authentique cuisine thaïlandaise.

— Eh bien, répond-il, si tu crois que je peux rester assis en face de toi pendant que tu es comme ça et avoir des pensées pures, tu te trompes gravement.

Je baisse les yeux et tire sur le tissu de ma simple robe d'été, achetée dans une friperie de la Croix-Rouge il y a des années.

— Comme quoi ?

Je sens ses doigts sur mon genou nu.

— Comme la déesse absolument parfaite que tu es.

Il a lui-même l'air plutôt divin, pour être honnête – la façon dont sa chemise en lin impeccable met en valeur sa carrure et sa peau nouvellement baignée de soleil. Je m'éclaircis la gorge et me redresse, reportant mon attention sur le menu.

— Je ne sais pas du tout quoi commander, dis-je.

Alistair me regarde encore une fois avec appétit, puis consulte son menu.

— Moi non plus. Prenons tout.

— Nooon, réponds-je en secouant la tête. Et s'il y avait, genre, du curry de chevreau ou quelque chose comme ça ?

Il rit.

— Du curry de chevreau ?

— Tu peux rire autant que tu veux, mais j'ai vu les vidéos.

— Les vidéos ? renifle-t-il. De curry de chevreau ?

— Le yoga avec des chevreaux, réponds-je. C'est partout sur TikTok. C'est très populaire en ce moment.

Alistair éclate de rire.

— Ça ne semble pas du tout pratique. Même si c'est vrai, vous n'êtes pas tous végétariens, vous les yogis hippies ? Je n'imagine pas une tribu de yogis sacrifiant un chevreau pour le dîner.

— Vraiment, dis-je. Et que penses-tu que les endroits font avec le surplus de chevreaux une fois la saison touristique terminée ?

— Comment cette conversation a-t-elle pris un tour aussi sombre ? réfléchit-il. Je pensais que nous étions ici pour un dîner charmant, mais maintenant on dirait que je suis initié à une sorte de... culte confus du chevreau.

Je ricane.

— Super nom pour un groupe.

— Tout à fait d'accord.

Une charmante femme thaïlandaise arrive à notre table pour prendre notre commande. Elle me rappelle Chailai, ce qui me fait vibrer le bassin.

— Tous vos meilleurs plats de fruits de mer et végétariens, s'il vous plaît, dit-il, puis me fait un clin d'œil. Pas de chevreau.

— Pas de chevreau, confirme-t-elle en souriant.

— Et de l'eau de coco, s'il vous plaît, dis-je, parcourant rapidement le menu des cocktails. Et le Cuchi Cuchi. Deux, s'il vous plaît.

Alistair plisse les yeux vers moi d'un air suspicieux, puis sourit à la serveuse.

— *Khob khun ka.*

— Si nous essayons tous les plats, dis-je, autant essayer tous les cocktails aussi.

— Tu as changé, répond-il.

— En alcoolique ? je suggère. Peut-être, mais je t'en tiens responsable pour m'avoir nourrie avec un régime constant de champagne. J'étais une fille pas chère auparavant.

— Oh, comme les rôles se sont inversés. Maintenant, tu essaies de me saouler pour pouvoir profiter de moi.

Je ricane. Comme si quelqu'un comme moi pouvait jamais profiter d'un milliardaire.

Le cocktail est délicieux : du rhum à la noix de coco et de la vodka aux agrumes mélangés dans un verre à martini avec de la citronnelle et du basilic. La nourriture est absolument magnifique à regarder et à manger. Des huîtres fraîches servies avec des sauces trempettes acidulées, une salade de papaye verte avec une vinaigrette épicée au citron vert. Une soupe de crevettes avec du piment, de la citronnelle et du galanga. Un énorme plateau de fruits de mer grillés et de riz frit à l'ananas. Et pour le dessert, « Rubis sur glace » : des châtaignes d'eau colorées, sucrées au lait de coco parfumé et servies sur de la glace pilée.

— On dirait une parodie de James Bond, dis-je.

— Pas aussi percutant que Pussy Galore, répond Alistair.

— Je n'arrive pas à croire qu'ils aient réussi à appeler un film grand public *Pussy Galore*.

— Moi non plus, dit-il en levant son verre. Trinquons à ça.

Nous en sommes au quatrième ou cinquième cocktail maintenant.

— Tant pis pour me mettre au lit tôt.

Alistair regarde sa montre.

— Hmm. Je perds la notion du temps quand je suis avec toi.

— Parce que je suis une conteuse fantastique ? je plaisante.

Il me caresse la cuisse, son désir charnel évident.

— Oui. Ça aussi.

Le pourboire d'Alistair est si généreux que la serveuse amène le gérant pour nous expliquer qu'il y a eu un malentendu. Ils pensent qu'il a accidentellement payé le double de l'addition. Nous éclairissons la situation et partons.

— J'adore ta façon de donner des pourboires, dis-je. C'est super sexy.

— Eh bien, j'ai entendu quelque part que les hommes donnent des pourboires proportionnels à la taille de leur pénis.

Je n'arrive pas à croire qu'il s'en souvienne. Je ris et l'enlace.

— Et maintenant ? demande-t-il.

— Je croyais que tu me ramenais au lit.

— C'était avant que je ne boive une douzaine de cocktails haute tension.

Un frisson me parcourt. Ce serait excitant de sortir.

— Boîte de nuit ?

— Quelque chose comme ça, dit-il, encerclant ma taille et m'embrassant. C'était difficile de garder mes mains loin de toi ce soir. Il est temps de libérer nos barbares intérieurs. Envie d'aller quelque part de moins... respectueux ?

Je souris et me presse contre lui.

— Oui, s'il te plaît.

CHAPITRE 37
Croissant de Lune

ALISTAIR

Nous arrivons au lieu de rendez-vous en avance, comme il convient pour ce genre de soirée.

— On va sur un bateau ? s'émerveille Ivy.

Ce n'est pas n'importe quel bateau. — C'est la Croisière Croissant de Lune, dis-je.

— C'est un nom de code pour une partouze thaïlandaise sur un bateau ?

— Exactement.

— Oh mon dieu ! s'exclame-t-elle, touchant ses cheveux et tirant sur sa robe. Je ne suis pas prête pour ça.

Je m'arrête. — De quoi as-tu besoin pour te sentir prête ?

— Je ne sais pas, répond-elle. Une douche ? Du fil dentaire ? Me brosser les dents ?

Je ris. — Je vais t'acheter du chewing-gum. On montera à bord et on prendra un verre. Le départ n'est pas prévu avant vingt-deux heures. Si tu te sens mal à l'aise, on débarquera avant.

— Je ne suis pas habillée pour une partouze, dit-elle.

Je fais un geste vers l'effervescence commerciale qui nous entoure. — Le marché est encore ouvert. Je peux t'acheter un bikini doré.

Son sourire est espiègle. — Seulement si tu en achètes un pour toi aussi.

Je lui claque les fesses et l'embrasse. D'humeur joueuse, nous explorons quelques possibilités au marché, riant et nous taquinant. Elle me lance quelque chose de jaune. C'est un string en fourrure en forme de banane. Je grimace et ris, puis le remets rapidement dans l'un des paniers d'exposition. Impossible de savoir où il a traîné.

Bientôt, nous trouvons une robe métallisée ridicule-ment sexy, des talons aiguilles à paillettes vertigineux et un diadème. Sexy, mais amusant. Parfait.

L'odeur du poulet grillé, du bois qui brûle et du curry à la noix de coco flotte vers nous, ainsi que quelque chose de sucré, mais je n'arrive pas à mettre un nom dessus. Des gens affairés grignotent et font leurs achats autour de nous. Les touristes sont faciles à repérer : ils sont inévitablement plus grands que les locaux, bronzés et/ou bandés suite à des accidents mineurs de scooter. Ivy trouve une chemise hawaïenne blanche et bronze avec des détails dorés, presse le cintre en plastique bon marché contre ma poitrine pour voir si elle me va, puis me fait un pouce levé.

— Canon, articule-t-elle silencieusement. Même si elle plaisante, cela m'envoie une vague de chaleur. Être désiré par une femme intelligente et intéressante est l'aphrodisiaque le plus puissant qui soit. J'ai hâte de l'emmener sur ce superyacht. Une autre vague de chaleur, cette fois plus concentrée dans mon bassin. La propriétaire de la boutique nous permet de nous changer dans son arrière-boutique, un réduit sombre avec une ampoule nue et un miroir fêlé. L'arôme de teinture pour tissu et d'épices terreuses imprègne l'air.

Bientôt, nous sommes de nouveau dans la rue, en route vers la fête. Je passe ma main de haut en bas du dos d'Ivy, savourant sa proximité en cette chaude nuit étouffante.

— C'est tellement agréable, dit-elle en se rapprochant.

Je ne sais pas si elle parle d'être dans un pays étranger, du temps chaud, ou d'être dehors avec des gens ordinaires. Peut-être les trois. Nous passons devant un stand de barbe à papa, et je réalise que c'est l'arôme sucré que j'avais détecté plus tôt. Ces visions, ces sons et ces parfums me rappelleront toujours Ivy et cette soirée ensemble.

Je lui offre ma main alors que nous montons sur le yacht. Il est d'une taille impressionnante et semble flambant neuf, vu le chrome impeccable et l'acajou étincelant. Je suis toujours heureux d'arriver tôt à ces événements. D'après mon expérience, si vous arrivez tard, vous êtes involontairement mis à l'écart car les meilleures personnes établissent leurs connexions plus tôt — bien que, compte tenu de l'incroyable beauté d'Ivy, je doute qu'elle puisse jamais être une plante verte, quel que soit le milieu. Nous nous frayons un chemin jusqu'au bar principal où d'autres clients font tinter leurs coupes de champagne tout en observant discrètement la salle. Nous acceptons une flûte d'une serveuse portant un nœud papillon spectaculairement grand et nous nous asseyons sur la banquette en cuir blanc.

— Tu me rends nerveux, dis-je à Ivy.

Elle ouvre grand les yeux, puis glousse. — *Je* te rends *toi* nerveux ?

— Assise là, à avoir l'air sexy en diable.

— À peine, rétorque Ivy.

— Oh, crois-moi, c'est vrai, dis-je en traçant la ligne médiane de sa cuisse avec mon doigt.

— Crois-moi, c'est moi la nerveuse. Nerveuse assez pour nous deux, j'en suis sûre.

— Eh bien, dis-je en augmentant la pression. Ce n'est pas nécessaire. Parce que je te protégerai toujours, quoi qu'il arrive.

Ivy se penche en avant, m'offrant une superbe vue de son décolleté. — J'ai une idée.

— Je suis tout ouïe, réponds-je, bien que la réponse la plus précise serait que je ne suis qu'érection, car c'est la sensation prédominante.

Elle sourit malicieusement, les yeux brillant d'espiè-glerie. — Parlons de Freya.

J'acquiesce. Oui, définitivement en érection. — Excellente idée. Cette conversation est attendue depuis longtemps.

— Par où allons-nous commencer ? demande-t-elle.

— Eh bien, dis-je en me réajustant. J'aimerais savoir comment c'était pour toi. Avec une femme pour la première fois.

— Et j'aimerais savoir comment c'était pour toi quand tu nous as rejointes.

— Alerte spoiler : c'était incroyable, réponds-je. Je me souviens de la douceur de leur peau, de la façon dont elles ont fait ressortir leur féminité mutuelle et de leur doux échange de compliments.

— Je veux les détails croustillants, dit-elle.

— Moi aussi.

Ivy prend une respiration et laisse échapper un soupir. — J'étais terrifiée.

— Pour être honnête, Freya était plutôt terrifiante.

CHAPITRE 38
Zéro barbe

IVY

C'était surréaliste de me retrouver sur un yacht avec Alistair. Non seulement nous étions loin de chez nous, mais en plus à une soirée libertine sur un putain de bateau. Un superyacht massif et étincelant. Nous étions pratiquement anonymes, ce qui me donnait une sensation enivrante de liberté et d'insouciance. J'ai vidé ma coupe de champagne et fait signe pour en avoir une autre, malgré le fait que j'étais déjà pompette à cause des cocktails bu au restaurant. Alistair me lance un regard affamé – celui qui fait fondre ma chatte – et je regrette de ne pas l'avoir en moi maintenant.

Non, je me dis. *Pas encore.*

Nous allons faire durer chaque délicieux moment de cette soirée. J'utilise mes nouveaux talons aiguilles à paillettes pour caresser doucement son mollet, et il émet ce doux grognement dans sa gorge. La façon dont il me dévore des yeux est tellement excitante que parfois, je ne peux plus le supporter.

— Alors, dis-je à voix basse, Freya.

— La louve, répond Alistair.

Oui, la louve. La louve qui a dévoré le Petit Chaperon Rouge. La louve qui a soufflé sur les maisons. Le prédateur affamé qui m'a ravagée devant mon amant.

— Tu as commencé à me déshabiller, dis-je. Mes bas étaient déchirés depuis le début de la soirée, quand nous sommes allés dîner.

— Cet endroit, se souvient Alistair. Ce restaurant atroce qui servait des brindilles rabougries en guise de salade et des restes de poubelle en plat principal.

Je glousse. — Oui. Le restaurant zéro déchet.

— L'appeler « restaurant » est un peu exagéré, mais bon. Passons.

Mon visage se tord de rire. — Ce n'était vraiment pas si terrible. On plaisantait juste à ce sujet.

— C'est exactement ce qu'une hippie dirait.

— Donc... mes bas étaient déchirés. C'était comme si un carcajou avait une aversion particulière pour mon style de lingerie.

— Pour être honnête, les carcajous ne sont pas connus pour leur goût en matière de sous-vêtements.

— C'est vrai, je réponds. Tu as enlevé mon chemisier et mon soutien-gorge, puis tu as dézippé ma jupe. Tu as retiré mes bas détruits, puis ma culotte. J'étais nue.

— Ta peau... contre ce drap de satin sombre. Un tableau à l'huile. Je m'en souviens si bien.

Je continue de caresser sa jambe avec le talon de ma chaussure. — J'étais super excitée, mais aussi vraiment nerveuse. C'était ma première soirée libertine.

— Et Freya te regardait comme si tu étais un petit lapin appétissant.

Je sens mes joues se réchauffer. En partie à cause du champagne, en partie à cause du souvenir. — Oui. Puis elle s'est approchée. Je paniquais intérieurement et j'essayais de ne pas le montrer.

— J'étais là pour te protéger.

— Oui.

— Elle t'a dit que tu devais communiquer avec elle. Dire son prénom quand tu appréciais son toucher.

J'acquiesce. — Elle a joué avec moi un moment. Le collier de perles, puis le ruban noir.

— Est-ce que ça t'a fait du bien ? je demande.

Ivy hoche la tête. — Oui. Mes nerfs étaient en alerte maximale. Tout ce qu'elle faisait semblait... amplifié. Puis elle a attaché le ruban autour de mon cou et m'a poussée en arrière. Elle m'a embrassée. Et puis les pinces à tétons !

— Et la chaîne en or. C'était vraiment excitant. Alistair se repositionne sur son siège.

— Elle m'a fait un cunnilingus.

— Comment c'était ?

— Bizarre... au début. Trop doux, trop délicat. Pas ce dont j'ai l'habitude.

— Zéro barbe, ajoute Alistair.

Je souris. — Oui. Mais ensuite j'ai essayé de me

détendre et de me laisser aller. Elle savait définitivement ce qu'elle faisait.

— Hmm, Alistair se frotte le menton. Je ne le prendrai pas personnellement.

— Tu ne devrais pas. Parce que je te choisirais, toi, plutôt que n'importe qui d'autre, tous les jours de la semaine.

— Tu dis ça pour me faire plaisir.

Je lui donne une tape sur le bras. — La jalousie ne te va pas.

— Au contraire. Tout mon être est construit sur la jalousie. Chacune de mes cellules te convoite. Quand il s'agit de toi, je suis le Capitaine Jalousie.

— Eh bien, ce n'est pas nécessaire. Je n'ai d'yeux que pour toi. Je place maintenant mon talon aiguille sur le siège, entre ses jambes, le talon pointu dangereusement proche de son équipement.

Il entoure la chaussure de ses mains et serre. — Que s'est-il passé ensuite ?

— Ensuite, je murmure. Ensuite, les choses sont devenues un peu folles. Floues. Mon témoignage n'est peut-être pas fiable, mais je vais essayer.

— Je me souviens de chaque détail, dit Alistair. Je t'aiderai.

— Quand je suis tellement excitée et comblée, les choses deviennent... brumeuses. Je peux être complètement sobre et quand même ne pas vraiment savoir exactement ce qui s'est passé.

— L'amnésie sexuelle, dit Alistair d'un ton savant.

— Ce n'est pas une vraie condition, je rétorque.

— En fait, si, mais je ne pense pas que tu en souffres. Cependant, je comprends ce que tu veux dire.

— Tu ressens la même chose ?

Il secoue la tête. — Oublier le sexe avec toi ? Jamais. Mais mes partenaires précédentes ont décrit la même chose.

— Ah, je dis. Alors tu es le dénominateur commun. Tu es si doué que tu nous fais perdre la tête, à nous les filles.

— Ça semble juste, plaisante-t-il. Mais ce n'était pas moi, c'était Freya.

— Peut-être que ça a quelque chose à voir avec qui est aux commandes, je réfléchis à voix haute. Freya était *définitivement* aux commandes. L'une des choses que j'adore dans le fait d'être la soumise, c'est que je peux complètement me détendre pendant la séance et simplement me laisser aller, tu vois ? Je n'ai pas à réfléchir à ce qu'il faut faire ensuite ou à m'inquiéter de savoir comment ça se passe. Il s'agit uniquement de mon plaisir.

Alistair grimace et serre mon pied. Avant que je puisse lui demander s'il va bien, il me chuchote : — J'ai tellement hâte de te baiser. C'est une torture.

L'idée de le torturer me plaît. Je baisse le volume de ma voix pour que ce soit presque un murmure. — Alors Freya me suce le clitoris et ça me rend folle. Puis elle commence à utiliser sa langue... plongeant sa langue en moi, et je perds presque le contrôle.

Alistair grimace à nouveau et se frotte les côtés du visage.

Les lèvres et la langue de Freya étaient si douces et glissantes. — Je pouvais sentir mon orgasme monter, mais je ne voulais pas encore jouir. C'était trop bon. Et puis elle tire sur la chaîne en or, qui tirait sur mes tétons. C'était comme si tout mon corps s'embrasait.

— Note pour plus tard, dit Alistair. Acheter à Ivy une chaîne corporelle en or avec des pinces à tétons assorties.

Je glousse, mais hoche la tête. *Oui, s'il te plaît.* Je ne suis pas vraiment du genre à porter des bijoux, mais une chaîne corporelle pour la chambre à coucher, je peux définitivement le faire. — Ensuite, elle verse cette huile chaude sur moi – comme toi, et j'adore ça – et commence à me doigter, et c'est là que les choses s'engouffrent dans un brouillard de plaisir.

J'ai perdu le compte de ses doigts, probablement même oublié qui me baisait pour être honnête, parce que tout n'était qu'huile et félicité. Tous les concepts créés par l'homme – d'identité, de temps et de sens – se sont évanouis.

— Puis elle introduit le godemiché, dit Alistair.

— Oh putain, je réponds, appréciant ce moment. Oui, bien sûr. Elle me retourne et me baise avec ce gode-miché. C'est à mon tour de me tortiller sur mon siège. Freya m'avait baisée fort et vite, s'arrêtant seulement pour me fesser et me mordre. Ça ne me faisait pas mal sur le moment, mais le lendemain matin, j'avais les marques pour le prouver.

CHAPITRE 39

Yacht de Plaisir

ALISTAIR

— Bon sang. Ivy me rend fou. J'attendais ce moment depuis un certain temps, impatient d'entendre les détails de la première expérience saphique d'Ivy de son point de vue, mais j'arrive à peine à tenir en place. Je suis tellement dur que c'en est douloureux. Je serre son escarpin à talon aiguille en essayant de trouver une position confortable. Sans succès.

Je remarque à peine les nouveaux invités qui arrivent. D'habitude, ils seraient ma priorité, mais Ivy accapare toujours toute mon attention.

— J'ai joui si fort, se souvient-elle. C'était incroyable. J'ai eu besoin de temps pour récupérer et elle m'a aidée. Elle m'a caressée... largement, fermement, pour me ramener sur terre.

Je ferme les yeux un instant pour me ressaisir. — Puis tu lui as fait un cunnilingus.

Les yeux d'Ivy pétillent. — Puis elle m'a regardée pendant que je lui en faisais un.

Je me penche pour lui murmurer à l'oreille. — Je crois qu'il est important de noter... qu'il me faut toute ma volonté pour ne pas te traîner sur cette table et te baiser maintenant.

— Eh bien, dit-elle, toujours aussi insolente. Si tu fais ça, tu n'entendras pas la fin de l'histoire.

Je fais signe à une serveuse pour commander des boissons. Je vais avoir besoin de quelque chose de plus fort. Je choisis un single malt, et Ivy s'en tient au champagne et à une grande bouteille d'eau pétillante. Des amuse-bouches arrivent aussi. Du caviar et du gravlax, de la crème fraîche. Des nems. Des beignets de maïs avec de la sauce chili douce. Pas que je puisse manger - toute l'attention de mon corps est concentrée sur un organe en particulier, et ce n'est pas mon estomac.

— C'est alors que Freya me demande si je veux que tu nous rejoignes, et je dis oui, mais pas tout de suite.

— Je m'en souviens.

— Je la voulais d'abord pour moi toute seule.

J'acquiesce et verse un peu de whisky dans ma bouche. La brûlure est agréable. — Compréhensible.

— Ensuite, j'ai dû canaliser mon Alistair intérieur.

Je ris. — Qu'est-ce que ça veut dire ?

— Je ne sais pas. Mais tout d'un coup, j'ai dû prendre les choses en main sans savoir comment. Alors... dans ma tête, j'ai fait semblant d'être toi.

— Ça pourrait être un problème psychologique.

— Je suis d'accord. Et c'est récurrent. Quand je me sens timide, je fais semblant d'être Becks. Ou, du moins, je me demande *Que Ferait Becks ?* Tu sais, comme le bracelet. WWJD ?

— Je n'en ai aucune idée.

Elle hoche la tête. — C'est probablement mieux comme ça. Mais ça a fonctionné. Je me suis sentie plus en contrôle, j'ai fait des choses – et dit des choses – que je n'aurais jamais osé essayer toute seule.

D'accord, ça aussi c'est très excitant.

Le beau couple à côté de nous commence à s'embrasser passionnément. L'homme fait glisser la fine bretelle de sa robe et embrasse son épaule. Sa main disparaît sous la table. De l'autre côté de la pièce, je vois une femme hurler de rire puis enlever son haut et le donner à son amie qui le brandit joyeusement en l'air, célébrant comme si elle avait gagné un prix. Peut-être est-ce le cas.

— Quelle a été la meilleure chose que tu lui as faite ? je demande.

— La faire jouir, répond Ivy. J'ai adoré ça.

Je prends un moment pour répondre. Un étrange mélange d'envie, de jalousie et de désir charnel tourbillonne en moi. — Raconte-moi, dis-je. Je suis surpris qu'Ivy soit si franche à ce sujet, et je veux entendre chaque détail.

— Tu étais là, me rappelle-t-elle. Tu t'en souviens probablement mieux que moi. Tu sais, avec mon amnésie sexuelle. Et mon trouble de la personnalité.

Je sais qu'elle plaisante, mais ma queue rend difficile l'appréciation de l'humour en ce moment. — Dis-moi ce dont tu te souviens. Je tiens toujours son escarpin comme si ma vie en dépendait.

Ivy arrête de sourire. — J'ai commencé à l'embrasser. J'ai glissé ma main dans son bas de bikini. Un peu brutalement, tu sais, comme toi.

— Elle a aimé ça, me souviens-je à voix haute.

— Elle était tellement mouillée, Alistair, dit Ivy, me faisant gémir intérieurement. Elle était si putain de mouillée. Je n'avais même pas besoin de lubrifiant, il y en avait tellement. Dans ma tête, je pensais mettre un doigt d'abord, mais elle était si chaude et juteuse que j'ai commencé avec deux doigts et j'ai continué à en ajouter jusqu'à ce que je sente qu'elle était remplie.

— Tu avais toute ta main en elle, dis-je.

Ivy hoche la tête. — C'était un peu choquant pour ma première fois, mais j'étais tellement excitée que j'ai adoré. C'était incroyable. Et la façon dont elle gémissait... Je savais que c'était bon pour elle aussi, d'avoir ma main à l'intérieur pour toucher tous les bons endroits en même temps. Elle a commencé à bouger ses hanches, à baiser mon poing, puis elle a joui.

— Pour la première fois, dis-je.

— J'ai gardé mon poing à l'intérieur, en le bougeant à peine, et j'ai commencé à sucer son clitoris. Elle a joui à nouveau.

— Putain.

Ivy prend une gorgée. — Elle m'a passé l'autre gode,

l'énorme, et j'ai eu un peu peur à nouveau. Je ne voulais pas lui faire mal. J'ai mis tellement de lubrifiant dessus, en m'assurant qu'il était bien glissant. Je l'ai mise à quatre pattes et me suis assise entre ses cuisses, léchant sa chatte.

J'avais vu la langue d'Ivy entrer et sortir du sexe de Freya et ça m'avait presque fait perdre le contrôle.

— Elle était sur le point de jouir à nouveau, dit Ivy. Je voulais que ça arrive. Je voulais la baiser.

D'accord, j'allais avoir besoin d'une pause si Ivy continuait comme ça. Bon sang.

— Elle était vraiment mouillée et ouverte, mais je ne voulais pas lui faire mal avec ce putain de gode géant, alors j'ai pris mon temps. J'ai juste utilisé le bout pendant que je léchais son clitoris.

— Tu as pris ton temps, dis-je.

— J'ai mis une éternité à l'insérer, pas sûre qu'elle puisse le supporter, mais bientôt elle a recommencé à bouger et à le prendre en entier, alors j'ai suivi le mouve-ment. Bientôt, je la baisais, fort et vite, ma main frottant son clitoris, et j'ai senti sa chatte serrer le gode. J'ai continué et elle a crié quand elle a joui à nouveau.

Je passe ma main le long de son mollet. — Je n'aurais jamais dit que c'était ta première fois. Tu étais incroyable.

Ivy ignore le compliment. — Je pensais qu'elle en aurait eu assez à ce moment-là, mais elle t'a appelé. J'en étais contente. À ce moment-là, j'avais désespérément envie de toi. D'une certaine manière, tout ça n'était que des préliminaires, une préparation pour quand tu nous rejoindrais. Pour moi, en tout cas.

Ça me rendait moins jaloux. J'ai scruté la pièce et vu le couple à côté de nous toujours en train de s'embrasser, la femme aux seins nus maintenant entourée d'autres femmes en divers états de déshabillage, et le barman portant un tutu sans rien en dessous, si les divers miroirs derrière lui disaient vrai.

— Ce n'est pas ton genre, dis-je. De parler si librement. À peine une rougeur sur tes joues.

— Je me sens libérée, dit Ivy en secouant ses cheveux. Sa tiare reste en place. Je pense que c'est l'air tropical. Profitons-en.

— Qu'est-ce que ça veut dire ?

— Faisons quelque chose de pervers.

— Nous sommes littéralement sur un yacht de plaisir.

— Encore plus pervers que ça, dit-elle. Elle est pleine de surprises ce soir.

— Quand je suis aussi excitée, tu peux pratiquement faire ce que tu veux, dit-elle. Y a-t-il quelque chose en particulier que tu as envie de faire mais que tu hésitais à proposer ?

— Eh bien, je réponds. J'avais envie d'entendre parler de toi et Freya, mais maintenant que j'ai entendu l'histoire, je suis tellement dur que je ne peux pas bouger. Je vais avoir besoin d'un pied-de-biche pour me décoller de ce cuir.

Ivy me fait un clin d'œil. — C'est quelque chose que

je peux arranger. L'érection, je veux dire, pas le pied-de-biche.

Elle reprend son escarpin mortel et vient s'asseoir juste à côté de moi, caressant ma queue à travers mon pantalon et embrassant mon cou. Elle murmure à mon oreille. — Je veux que tu me baises pendant que je porte encore ces chaussures ridicules.

— Ça peut certainement s'arranger, je réponds.

— Mais d'abord, c'est ton tour. De me dire ce que ça a été avec Freya et moi.

— Je ne pense pas pouvoir survivre encore cinq minutes à parler. Surtout à propos de toi et Freya. Pas sans une visite à l'hôpital miteux de l'île après, en tout cas.

Ivy me caresse plus fort. — Juste un petit extrait, alors, dit-elle. Un qui ne t'amènera pas dans une émission de télé-réalité.

— Pardon, quoi ?

— Tu sais, ces émissions. « Le sexe m'a envoyé aux urgences – édition Thaïlande ».

— Je suis heureux de te dire que je n'en sais rien.

Ivy croise les bras. — Snob.

— Voyeuse.

— Tu te crois trop bien pour la télé-réalité ?

— Je sais que je le suis.

— Tu n'en as probablement jamais regardé un seul épisode de ta vie.

— J'espère que ça restera ainsi, je réponds. Pouvons-nous revenir au problème à portée de main ? Je meurs lentement ici.

Ivy renifle et me serre, me faisant presque couiner. — Le problème à portée de main ? Avec plaisir.

Elle me dézippe. Je soupire de véritable soulagement quand ma queue est enfin libérée.

— Oh, merci mon Dieu, dis-je. Enfin.

— Tu sais que tu aurais pu le faire toi-même, n'est-ce pas ? Comme tu viens de le dire, nous sommes littéralement sur un yacht de plaisir.

— Je suppose que je ne suis pas vraiment un exhibitionniste.

Ivy réfléchit un moment. — Tu sais quoi ? Je pense que je le suis.

Je sens un frisson le long de ma colonne vertébrale. — Tu veux... enlever ton haut ? je demande.

Elle hésite à nouveau, puis enlève toute la robe, ne gardant que sa culotte, ses stilettos et sa tiare.

— Si tu m'avais dit que tu allais simplement l'enlever comme ça, je ne te l'aurais pas achetée, je plaisante. J'aurais pu économiser deux dollars.

— Je te ferai une branlette à deux dollars pour me rattraper, dit-elle.

Je ris aux éclats. — Je ne veux même pas savoir ce qu'implique une branlette à deux dollars.

Ivy se joint à mon rire. — Moi non plus. Mais ça implique probablement de la salive et se passe dans les toilettes crasseuses d'une station-service.

— Je vois ton plan. C'est palliatif. Tu veux me faire perdre complètement mon érection.

Elle glousse toujours. Ses seins tressautent, sa tiare scintille.

— Tu es le pire rendez-vous sexuel de super yacht qui soit, dis-je, et elle continue juste de rire.

— Désolée, dit-elle finalement. J'ai le fou rire. Ça doit être le champagne.

— Le problème avec ta génération, dis-je en essayant de garder un visage impassible, c'est que vous ne prenez jamais la responsabilité de vos actes.

— Ça, et notre penchant pour l'avocat écrasé sur du pain sans gluten, acquiesce-t-elle. Et le bon café.

— Exactement, dis-je.

— C'est une malédiction.

— Je peux le voir. Tu as l'air maudite.

Ivy halète de façon moqueuse et me frappe le bras. — Retire ça.

— Qu'est-ce qu'on est ? Des écolières de six ans ?

— Retire ça ou je ne t'inviterai pas à ma fête d'anniversaire.

Nous ricanons tous les deux à nouveau, faisant tourner le couple à côté de nous avec des expressions perplexes.

— Plus de plaisanteries, s'il vous plaît, Mademoiselle Ivy Mickelson, lui dis-je dans mon meilleur accent britannique. Le sexe sur un yacht est une affaire très sérieuse.

CHAPITRE 40

Obsédée

IVY

Je passe un si bon moment avec Alistair que j'en oublie presque où nous sommes. C'est tellement audacieux, tellement libérateur, de pouvoir s'asseoir nu avec d'autres personnes dans une pièce sans être dévisagé ni désapprouvé. Tout au plus, quelques regards appréciateurs se posent sur nous, et ça fait du bien.

— Je peux affirmer sans risque que je suis exhibitionniste, j'avoue.

— C'est une excellente nouvelle, répond Alistair. Maintenant je peux te montrer au monde.

— Ça ne te rend pas jaloux ? je demande. Quand d'autres hommes me regardent ?

— Non, parce que ce ne sont pas eux qui te ramènent à la maison.

— Tu es honnête ? j'insiste. Je sais à quel point il peut être territorial.

— D'accord, cède Alistair. Ça me rend un peu possessif, mais c'est normal pour moi. Plus que tout, ça me donne encore plus envie de toi.

Je me redresse et lui souris. Après cette conversation marathon sur le sexe, je suis plus que prête à passer à l'action. — Eh bien, je réitère mon offre que tu peux m'avoir comme tu veux ce soir. Je suis partante pour tout.

— Mon Dieu, s'exclame Alistair, quelle pression !

— Oh, ce ne sera pas la dernière fois, je le rassure.

Je suis sûre que je serai de plus en plus ouverte à essayer de nouvelles choses.

Nous décidons de rhabiller Alistair et de faire le tour du bateau pour voir ce qui se passe. J'entends les rires, les cris et les éclaboussures de la piscine éclairée en turquoise avant même d'y arriver.

— J'ai toujours aimé la baignade nue, je dis.

— Ouais, répond-il. Définitivement une exhibitionniste.

Tout autour de la piscine fumante, à l'intérieur comme à l'extérieur, des gens s'embrassent, pratiquent l'anulingus, le soixante-neuf, ou font l'amour à l'ancienne lentement au bord de l'eau.

— J'aurais aimé avoir accès à ce genre de fête quand j'étais plus jeune, je dis. J'étais une adolescente tellement excitée et ça aurait été mon fantasme ultime.

— Quand tu étais plus jeune ? demande Alistair.

— Tu sais, vers dix-huit ans. Toutes ces bonnes hormones d'obsédée gaspillées parce que les ados ne connaissent rien au bon sexe.

— Tu viens vraiment d'utiliser l'expression « hormones d'obsédée » ?

— Je ne sais pas exactement d'où ça vient, mais tu comprends ce que je veux dire.

— Je comprends. Tu étais jadis une jeune nymphe nubile, et maintenant tu es une vieille sorcière desséchée incapable de rejoindre une fête à la piscine à cause de tes articulations rouillées.

Je le repousse en secouant la tête. Il m'attrape et me ramène dans ses bras, sa poitrine vibrant de son rire étouffé.

— Oups, attention. Les carreaux sont mouillés. On ne voudrait pas que tu tombes et te casses une hanche.

Je plisse les yeux. — Franchement. Je ne peux rien te dire. Je ne le pense pas vraiment. Cependant, j'ai envie de le pousser dans la piscine, mais je ne veux pas qu'il atterrisse par inadvertance sur une orgie.

— N'importe quoi, répond-il. Ce n'est pas parce que tu es gériatrique que je ne peux pas être ton confident.

— Tu rates délibérément mon point, je dis. Tu fais l'obtus.

— Et toi, tu es délicieuse, comme toujours. Je paierais très cher pour te rencontrer à dix-huit ans quand tu étais... quoi ? Une obsédée ?

— Être obsédée c'est une chose. Être obsédée avec zéro bonnes perspectives, c'en est une autre.

— Oui, acquiesce Alistair. Zéro « bonnes perspectives ». Une obsédée tout droit sortie d'un roman de Jane Austen. Imagine le sexe qu'on aurait pu avoir.

— Je t'aurais épuisé en un rien de temps, vieillard, je dis.

Il ricane. — J'en doute fort. Puis il se fige. — Attends. Combien de garçons as-tu épuisés ?

— Exactement zéro, je réponds. Ils ne savaient pas ce qu'ils faisaient, et moi non plus.

— C'est vraiment dommage, dit Alistair. Rien de moins qu'une tragédie.

— Je suppose qu'on pourrait rattraper le temps perdu.

— Mieux vaut tard que jamais, concède-t-il en me serrant contre lui pour me murmurer à l'oreille. Avant que l'ostéoporose ne s'installe.

Je change d'avis sur le fait de pousser Alistair dans la piscine quand je sens ses bras puissants autour de moi. Je me sens tellement en sécurité enveloppée dans son corps musclé, pressée contre sa poitrine et ses abdos. Et heureuse, tellement heureuse que nous soyons hors de danger, que nous nous fassions rire mutuellement, que nous nous entendions si bien — même si nous avons eu quelques disputes, nous parvenons toujours à les surmonter. La vie avec Alistair est excitante. Dangereuse, oui, et imprévisible, mais aussi épanouissante. Alistair me comprend. Je n'ai jamais eu une telle connexion avec un homme auparavant. Avec Becks, oui, toujours, mais jamais avec un homme.

Nous continuons à marcher. Nous voulons voir ce qui est proposé avant de prendre une décision. Nous passons devant une soirée dansante, un dîner chic et une séance de bain sonore, après quoi Alistair me donne un coup de coude dans les côtes pour me montrer ma « tribu ».

— Bientôt ils prendront tous des champignons et feront du yoga nu avec des chèvres, dit Alistair. Tu verras.

— Beurk, je réponds. Non merci.

— Mais c'est ta tribu, insiste-t-il.

Ne vous méprenez pas. J'adore la psilocybine, la nudité, les chevreaux et le yoga, juste pas tout en même temps.

Nous passons devant divers bars, d'autres piscines et d'autres fêtes. Tout semblait assez bien pour s'y joindre, mais Alistair semble chercher quelque chose — ou quelqu'un d'autre. Enfin, nous le trouvons.

Je fronce les sourcils. — Qu'est-ce que c'est ?

On dirait que quelqu'un a pris une grande pataugeoire gonflable peu profonde et l'a remplie de boue transparente. À côté se trouve une douche extérieure pour se rincer.

— Tu as aimé l'onction sensuelle, alors j'ai pensé que tu aimerais essayer ça. J'ai oublié le nom, mais je connais le produit. Sans danger pour le corps, bio, zéro produit chimique, répond Alistair. C'est fait à partir d'une algue asiatique.

Beurk, encore une fois.

Je me penche pour la sentir, mais elle n'a pas d'odeur. J'en ramasse une poignée. C'est incroyablement lisse et glissant, presque comme du gel de silicone, donc soudain ça fait sens. C'est essentiellement un bain géant de lubrifiant.

— Wow, je dis. Qui aurait besoin d'autant de lubrifiant ?

— Les vieilles dames avec de l'ostéoporose ? plaisante-t-il.

La piscine de boue n'est pas aussi bien éclairée que la piscine ou les bars, donc peu d'invités l'ont encore découverte. Peut-être est-ce pour plus tard dans la soirée, quand les gens se soucient moins de se salir.

— On se sent incroyable quand on est couvert de ça. Tu veux sauter dedans ?

Je grimace. — Je ne suis pas sûre.

— Entrons et je te ferai un massage des épaules. Tu peux sortir à tout moment.

— Célèbres dernières paroles, je réponds.

J'enlève ma culotte et trempe prudemment un orteil. — Je ne suis pas sûre d'aimer le fait que ce soit chaud.

— Tu préférerais être couverte de boue *froide* ?

— Non, tu as raison, je réponds d'un ton neutre. La boue froide n'est pas aussi sexy.

J'ai bien dit qu'Alistair pouvait m'avoir comme il le voulait. Ce que je n'avais pas prévu, c'est d'être marinée dans du nori, mais j'étais déterminée à garder l'esprit ouvert. Pour éviter le facteur dégoût, j'entre rapidement pour ne pas faire durer l'expérience, mais c'est tellement glissant que je fais immédiatement un demi-grand écart en hurlant, puis je m'écrase en plein milieu de la gelée, tordant chaque membre que je possède. Ça fait un horrible bruit de *SPLATCH !*

Dans le silence choqué qui suit, j'entends un étrange son étouffé et me tourne pour voir Alistair qui essaie de cacher son fou rire. Il est plié en deux, donc il ne fait pas un très bon travail. Le voir comme ça est contagieux, cependant, et j'ai beau essayer de me retenir, je ne peux m'empêcher de rire. Je me déplace dans une position plus confortable, pour ne pas ressembler à Bambi sur le lac gelé, mais plus j'essaie de bouger, plus je glisse, et plus je hurle. Alistair ne peut plus se contenir et rit à gorge déployée, ce qui me fait rire encore plus. Nous continuons involontairement à nous encourager mutuellement. Chaque fois que je pense m'être reprise, j'aperçois Alistair en pleine crise d'hilarité et ça me replonge dans un autre fou rire. Nous gloussons comme des fous et nous nous en fichons.

CHAPITRE 41
Déesse du Sexe et de la Magie

ALISTAIR

J'arrive à peine à respirer tellement je ris. La façon dont Ivy, avec ses longues jambes, glisse dans la substance visqueuse me fait penser à un girafon qui vient de naître. Ce ne serait pas si drôle, mais nous n'arrêtons pas de nous entraîner mutuellement et nous frôlons actuellement l'hystérie.

— Arrête de rire ! hurle-t-elle. Viens me sauver !

Pour une raison inexplicable, nous trouvons ça hilarant tous les deux, et un nouveau fou rire s'ensuit. J'enlève mes vêtements et j'entre avec précaution, gardant mon poids près du sol pour éviter de devenir un cas typique de comédie burlesque, puis je rampe, glissant et dérapant, vers Ivy.

— Je suis là pour te secourir, j'annonce, essoufflé par le rire.

— Je devrais te noyer là-dedans, répond-elle. Tu m'as

tendu un piège, et je suis tombée dedans.

— Non, non, non, je lui assure. Pas un piège.

— C'est ce que l'araignée dit à la mouche.

Je tends la main pour la toucher, mais elle a d'autres idées. Elle me pousse avec son pied, et cette petite poussée m'envoie patiner en cercle.

— Oh, c'est comme ça que ça va se passer ? je demande, me rappelant notre match de lutte improvisé sur la bâche à la villa.

— Oui, répond-elle. Je ne ramperai pas volontiers dans tes... mandibules.

Je ricane. — Mandibules ? Il semblerait que j'ai été rétrogradé de Kraken sans le savoir.

— Ce serait peut-être plus approprié, vu la situation algueuse.

Je rampe à nouveau vers elle, et cette fois, elle ne me repousse pas.

Ivy frotte la substance gluante sur ses bras. — C'est plutôt agréable, quand on s'y habitue. Tout... glisse parfaitement.

Ma queue tressaute en pensant à comment j'aimerais glisser en elle. Je la tire vers moi, et il n'y a rien qu'elle puisse faire pour l'empêcher. Elle ne pousse pas le cri que j'attendais.

— Ne me fais pas rire encore, supplie Ivy. Mes abdos ne supporteront pas.

Je commence à la caresser, mes mains glissant sur sa peau. Ses seins sont aussi incroyables au toucher qu'à la vue. Zéro friction, que du glissement. Je prends le temps de masser ses seins, savourant chaque centimètre carré, ses tétons durs comme des galets. Ivy attrape ma queue, et son toucher est merveilleux, si doux et soyeux.

— Waouh, dit-elle. C'est trop cool.

Pendant qu'elle caresse ma queue, je m'occupe de sa chatte, sentant délicatement ses lèvres et son clitoris, appréciant cette sensation étrange mais plaisante de tout ce qui est si glissant. Habituellement, je prendrais mon temps avant de la pénétrer, mais avec tout si lubrifié, je ne peux m'empêcher de glisser mes doigts en elle. Ils y entrent d'un coup, et elle halète de surprise et de plaisir.

— Ça va ? je demande.

— Putain, oui, répond-elle. C'est vraiment bon.

— Donc maintenant, tu aimes ?

Elle halète un peu. — Oui. Est-ce qu'on peut avoir une piscine de slime pour ton donjon ?

— Hmm, je dis, sans m'engager. Je suis pour le kink à la pointe, mais le nettoyage serait décidément peu sexy.

Ivy halète à nouveau quand j'ajoute un autre doigt et que j'utilise mon pouce sur son clitoris. Elle augmente la pression de sa prise sur moi, me faisant écho à sa respiration saccadée. Nous nous caressons mutuellement, perdus dans la sensation tandis que nos orgasmes montent.

— Putain de merde, s'exclame Ivy. Je suis presque là.

— Je veux que tu jouisses sur moi, je dis. J'adore être en toi quand tu jouis.

Ivy s'exclame à nouveau. — Eh bien, halète-t-elle. Qu'est-ce que tu attends ?

— Je veux faire durer. C'était trop rapide. Je veux savourer.

— Mais je suis si proche, gémit-elle.

— Tu devras attendre, je dis.

Ivy verrouille son regard au mien. — Dis-moi ce que ça faisait de baiser Freya.

— Bon sang, Ivy.

Elle me serre plus fort. — Dis-moi ce que ça faisait de nous baiser ensemble comme ça.

— C'était... incroyable, je dis. Le meilleur.

— Le meilleur plan à trois ?

— Oui, je dis. De loin.

— Tu en as eu combien ?

— Des plans à trois ? je demande, ma voix tendue, essayant de garder mon calme malgré le plaisir intense que je ressens en étant caressé par ses doigts habiles tandis que les miens sont serrés à l'intérieur d'elle. — Je ne sais pas. Quelques-uns. Ils sont tous ternes en comparaison. À cause de toi.

— Tu dis ça juste pour me faire plaisir.

— Non, je secoue la tête. Non. Sincèrement.

— Raconte-moi le meilleur moment, dit-elle.

J'inspire profondément. — Le meilleur moment pour moi, dis-je, c'était quand je te léchais, et que Freya s'asseyait sur ton visage.

Sa main accélère, alors j'ajuste mon rythme en conséquence.

— Et ensuite ?

— Et ensuite te baiser pendant qu'elle mettait son

téton dans ta bouche. Et puis sentir ton orgasme si fort autour de ma queue.

Ivy expire brusquement. — Je vais jouir.

— Attends, je dis. Je dois te baiser. Je ne peux pas ne pas te baiser.

— Oui, dit-elle, hochant la tête, me regardant dans les yeux. Il fait sombre mais je peux voir le désir dans ses yeux. — Je pense que « Freya » devrait être notre mot d'accélération.

— Genre, l'opposé d'un mot de sécurité ? je demande, la faisant basculer à quatre pattes. Nous glissons un peu, mais restons sous contrôle. Ce n'est plus drôle maintenant.

— Exactement, souffle-t-elle. Déesse du sexe et de la magie.

Je guide ma queue – qui semble sur le point d'exploser – dans son trou glissant et gonflé. L'ajustement est si serré qu'elle suffoque.

— Bon sang, je gémis. Entrer en Ivy est toujours la sensation la plus érotique au monde.

Rien ne se compare.

Rien.

— Ivy, je murmure. Tu es la meilleure chose. La meilleure chose… qui me soit jamais arrivée.

Bien que positionnée dos à moi, elle se tourne pour regarder. Son expression est émotive comme toujours avant qu'elle ne jouisse.

— Putain, dit-elle. Putain, Alistair, je t'aime tellement. J'aime ta queue. Tes lèvres. Ta langue. Tout en toi.

Je ne peux plus me retenir. Je commence à pousser sans retenue. Le slime me permet d'aller plus vite et plus profond que jamais. Je m'écrase en elle, dans son point A, contre son col de l'utérus, ma queue gonflant comme si elle allait éclater. Ivy alterne entre gémissements et sanglots. Je connais ce type d'orgasme. Je sais qu'il peut pousser une femme au-delà de ses limites de la meilleure façon. J'ai eu une ex-copine qui m'a « détesté » pour avoir « détruit ses orgasmes pour le reste de sa vie ». Ce genre d'orgasme fait remonter tout à la surface – la douleur, la joie, tout. C'est transformateur – et je le ressens aussi. Je ne sanglote peut-être pas, mais mon cœur est ouvert et à vif. Cette ex en particulier m'a aussi donné crédit pour avoir triplé les profits de son entreprise grâce à ses orgasmes explosifs, bien que je n'aie jamais compris la corrélation.

— Je peux te faire tout ce que je veux ? je demande.

— Tout. N'importe quoi, répond-elle entre ses halètements et gémissements.

Je tends les doigts pour les mettre dans sa bouche. Elle les suce fort, la pression humide me faisant presque jouir. Me faisant imaginer que c'est ma queue dans sa bouche. De mon autre main, je frotte son clitoris, puis prends une poignée de slime et l'étale sur son bas du dos et sur ses fesses, ses magnifiques fesses satinées comme une lune. Je continue à pousser. Ivy pleure toujours comme si elle était au bord d'un énorme orgasme. Mon doigt lubrifié encercle son petit trou, doux et discret, glissant et lisse. Putain, j'adore cette sensation. La partie sauvage en moi veut démolir son anus comme je pilonne sa chatte, poussant et explosant en elle. Je me retiens. Il y aura du temps pour ça. La préparation est essentielle. En attendant, je ne peux pas m'en empêcher, mais je dois en avoir un peu maintenant.

Je me retire. Ivy émet un son déçu. Je sais ce qu'elle pense. Elle était si proche d'un des meilleurs orgasmes de sa vie. Ce qu'elle ne sait pas, c'est que je suis là pour ça. Je suis là pour tout.

— Deux minutes, je lui dis. Donne-moi juste deux minutes.

Je vois sa tête bouger, acquiesçant. Elle me fait confiance.

Je ramène mes doigts glissants sur son clitoris, caressant lentement tout en me penchant pour embrasser le creux de son dos, ses hanches saillantes, les joues de ses fesses. Je prends plus de slime et pousse mes doigts dans sa chatte. Elle en prend trois sans problème, si ouverte et accommodante. Si glissante. Putain.

J'entoure son petit trou de ma langue, le touchant à peine. La peau est si réactive, si délicieuse, mais quand je l'entends gémir, je ne peux m'empêcher de me concentrer. Bientôt mes cercles sont serrés et ciblés, et le ton d'Ivy est si aigu que je sais qu'il ne me reste pas beaucoup de temps. Son énorme explosion d'orgasme est une certitude – juste une question de temps. Le bout de ma langue trouve son ouverture sombre et je ne peux m'empêcher de franchir l'interdit. Je la pousse dedans, et le slime omniprésent permet une entrée facile. Trop facile. Maintenant je veux tout.

— Putain ! crie Ivy, les muscles de sa chatte serrant mes doigts. — Alistair. Putain. Putain !

J'ajoute un autre doigt. Tout est si exquisément lubrifié. Je dois bouger lentement, avec précaution, ou risquer qu'elle jouisse trop tôt. Plus nous attendons, meilleur ce sera.

J'expire une fois, puis encore. Bon sang. Ivy pleure, et ça me fait sentir puissant. Je me balance en elle, puis retourne à sa lune avec voracité, léchant et pénétrant tandis qu'elle glapit. Son point G est si prêt ; je peux sentir le renflement strié. Je ne veux pas que ça se termine, mais il est temps.

Je prends une autre respiration pour calmer mon esprit. Me retirant lentement, je remplace mes doigts par ma queue. Ivy crie, puis sanglote. Je prends une dernière poignée de lubrifiant et pousse mon pouce dans l'anus d'Ivy. Elle halète bruyamment, mais cela se transforme vite en ce gémissement aigu que je connais si bien. Le précurseur musical de son orgasme. Je pilonne Ivy, queue et pouce en concert, et elle ne peut pas le supporter. J'ai l'impression de perdre la tête. Elle crie et pousse, et je la martèle comme je ne l'ai jamais fait de ma vie, plus profond, plus profond, plus profond jusqu'à ce que je la sente m'agripper avec cette chatte magique qui semble toujours si vivante.

Nous explosons ensemble. Entrechoquant, entrant en collision, éclatant l'un dans l'autre. Traversant la peau et les organes de l'autre. Ce n'est que feux d'artifice dorés et fantaisie, muscles et musique. Je me vide en Ivy tandis qu'elle sanglote avec son propre orgasme qui serre ma queue et secoue son corps. Je l'attrape et gémis dans sa bouche. L'orgasme dure une éternité.

Bon sang de bon Dieu.

Ou plutôt, Ivy F Mickelson.

CHAPITRE 42
Face sombre

IVY

Je suis surprise d'être encore en vie quand j'ouvre les yeux. L'orgasme était si violent que je m'étais complètement perdue. Alistair et moi nous regardons et, sans qu'un mot soit prononcé, je vois qu'il ressent la même chose. Nous bougeons lentement, encore glissants, pour nous étreindre. Alistair me serre fort et je fonds contre lui.

— Que vient-il de se passer ? je murmure.

Nous rions tous les deux.

— Je ne sais pas, répond-il. C'était... intense.

Il me tient encore un moment, puis nous nous extirpons de la substance visqueuse et nous la rinçons sous la douche. Nous nous habillons, jetons une couverture sur nos épaules, et commandons du chocolat chaud que nous emportons à la proue. Il est agrémenté de cannelle, de guimauves et d'un shot de rhum épicé. Nous nous asseyons ensemble et contemplons l'océan et les étoiles.

Je soupire.

— Le meilleur voyage de noces qui soit.

— Comment peux-tu le savoir ? demande Alistair. Exactement combien en as-tu fait ?

Je lui donne une tape sur l'épaule.

— C'est mon premier. Et mon dernier !

— Il ne faut jamais dire jamais.

— C'est vrai. Si on m'avait dit il y a un mois que je serais en « voyage de noces » sur un yacht thaïlandais dédié au sexe, avec un bébé à la maison, j'aurais ri. Et ri. Et ri.

— Pareil, acquiesce Alistair. Tu as bouleversé ma vie.

Ma mâchoire se décroche.

— J'ai bouleversé TA vie ?

Il sourit. Je résiste à l'envie de le frapper à nouveau.

— Dis-moi pourquoi tu as besoin de cet argent, dit Alistair. Son ton est aimant et sans confrontation.

— Tu veux vraiment parler de ça maintenant ?

— Pourquoi pas ? Tu veux l'argent et je veux te le donner. Je veux tout te donner. Et puis, je suis intrigué. Comme nous en avons discuté, tu n'utilises jamais ma carte de crédit. Tu ne dépenses jamais d'argent pour toi. Et la situation de Jamie est sous contrôle. Je suis extrêmement curieux de savoir pour quoi tu le veux.

Je prends une profonde inspiration. Ça a été une nuit émotionnelle, avec cet orgasme bouleversant qui a remué mon âme.

— Je veux travailler pour toi, dis-je.

Alistair est amusé.

— Je n'y crois pas une seconde.

— Bon, je ne veux pas travailler pour *toi*. Sauf en tant que ton animal de compagnie. Je veux travailler pour Ravenscroft Enterprises.

— C'est encore plus difficile à croire.

— D'accord, tu as raison. Oublie ce que j'ai dit. Je veux diriger une nouvelle division au sein de l'entreprise. Non. Pas une division. Une fondation.

La compréhension se lit sur son visage. Il penche la tête en arrière.

— Ah. Là, ça a du sens.

Je m'efforce de rassembler mes pensées.

— Je sais que ta famille fait déjà des dons à de nombreuses causes différentes.

— Hmm, dit-il. Principalement pour étouffer une mauvaise presse. Ce n'est rien de plus qu'un outil d'atténuation. Ne te fais pas d'illusions. Ce n'est pas comme si nous étions les gentils.

— Mais nous *pouvons* être les gentils, je réponds. Imagine. Imagine être une force au service du bien.

Alistair ne peut pas soutenir mon regard. Il détourne les yeux, son regard se posant sur l'eau éclairée par la lune qui nous entoure.

— Pendant un moment, dit-il, je l'ai cru. Maintenant, je me demande si nous ne sommes pas nés pour être mauvais.

J'essaie de l'amener à me regarder en saisissant son genou.

— Il n'est pas trop tard. Nous pouvons encore le faire.

Il secoue la tête.

— Plus maintenant. Il n'y a plus de place pour la faiblesse maintenant.

— Alistair ! Être bon n'est pas être faible.

Il soupire et pince les lèvres d'une manière que je n'aime pas. Je suppose que cela signifie qu'il me trouve naïve. D'habitude, je serais agacée, mais j'ai l'impression que nos âmes sont maintenant fusionnées, alors il n'y a pas d'agacement, seulement de l'amour.

— Laisse-moi créer la fondation, dis-je. J'ai tellement d'idées. J'ai la motivation. Je n'aurai pas besoin de beaucoup au début. Nous commencerons petit et simple. Ensuite, si tu es satisfait de mon travail, nous développerons.

— Je devrai obtenir l'accord de ma famille, répond-il, en me regardant enfin. Mais je ne vois pas en quoi ce serait un problème. Ma mère est sous ton charme depuis que tu as sauvé la vie d'Ariana. Elle te soutiendra. Elle te donnera tout ce que tu demanderas. Tu es probablement son humain préféré au monde en ce moment.

— Et toi ? je demande.

— Tu es aussi mon humain préféré au monde en ce moment.

— Non, je veux dire, me soutiendras-tu pour démarrer la fondation ?

Alistair accroche mon regard, et je me perds dans ses yeux.

— Je te soutiendrai en tout. Tu le sais. Je suis ton plus grand fan. Il touche ma joue. Je ferai tout ce dont tu as besoin.

Un autre type d'excitation me traverse. Une énergie nerveuse, saine, exaltante qui vient du fait de se voir accorder le pouvoir de faire une différence dans le monde. De soulager la souffrance, de guérir la planète, d'utiliser l'argent pour le bien commun.

— Merci, dis-je, me sentant à nouveau émue. Merci de croire en moi.

— Quiconque ne croit pas en toi est un idiot, dit-il. Tu vas être putain d'incroyable.

Les boissons chaudes terminées, nous nous déplaçons vers la rambarde pour observer la mer noire en contrebas. C'est romantique, surtout avec les étoiles qui se pavanent et les guirlandes lumineuses et les fleurs fraîches sur le pont. Alistair me prend à nouveau dans ses bras, et nous nous embrassons.

— Je t'aime tellement, lui dis-je. Je n'ai jamais ressenti ça pour personne auparavant.

Il m'inspire profondément, passant ses doigts dans mes cheveux et ajustant la tiare que j'avais complètement oubliée.

— Ce n'est pas seulement de l'amour, d'ailleurs, je dis. Tu m'as fait me sentir différemment quant à moi-même. Non, pas différemment quant à moi-même... tu me fais me sentir *plus* moi-même. C'est comme si j'avais joué petit jeu toute ma vie et que tu m'avais fait me sentir plus... tout. Plus puissante.

— L'argent a tendance à faire ça.

— L'argent en est une grande partie. Mais c'est plus que ça. C'est l'énergie féminine. L'énergie sexuelle que je n'avais jamais eue auparavant. Tu me permets d'embrasser mon désir d'une manière qui me donne de l'autonomie. J'ai l'impression d'avoir une place dans le monde.

— Tu as toujours eu une place dans le monde, dit-il.

— Ça n'en a jamais eu l'air.

— Maintenant, tu as embrassé ton côté sombre, plaisante Alistair.

— Tu fais peut-être ressortir mon côté sombre, dis-je, en appréciant la fermeté de son corps. Mais je n'ai jamais été authentiquement moi-même quand je le cachais. Tu me fais sentir que je peux être complètement moi-même — les bonnes et les mauvaises parts — et que tu me voudras quand même.

— Je te voudrai toujours, Ivy.

J'inspire profondément, profitant au maximum du moment, sachant que ce sera un souvenir éternel. En même temps, je suis prudemment excitée pour notre avenir. Il y aura tant à découvrir dans une vie avec Alistair.

Je suis dans un tel état d'esprit rêveur qu'il me faut une seconde pour réagir quand je sens le corps d'Alistair se tendre, mais quand je le fais, je sais que quelque chose ne va pas. Je peux le sentir dans chaque partie de mon corps. Tout comme chaque cellule était précédemment en extase, maintenant tout est envahi par l'angoisse. Mon anxiété monte en flèche, mon pouls s'accélère, mon cœur bat la chamade contre sa cage.

Non, non, non.

Je lève les yeux vers Alistair, ayant besoin qu'il me rassure que tout va bien, que je suis bête, mais son expression reflète ma peur. Ses yeux sont fixés loin des miens, concentrés sur quelque chose derrière moi. Je me retourne pour voir ce qui a tant effrayé cet homme habituellement imperturbable.

Une jeune femme blonde se tient sur le pont dans l'obscurité. Cheveux coupés au carré, silhouette de mannequin, tailleur-pantalon sophistiqué de la même couleur que la nuit. Elle transpire l'argent et l'autorité, et elle étincelle de violence.

— Anya, dit Alistair. C'est un son guttural teinté de pure peur.

La femme incline le menton en signe d'acquiescement.

Toute douceur quitte mon corps.

Anya ? Qui diable-?

Les doigts d'Alistair s'enroulent autour de mon poignet si fort que cela fait mal.

Il regarde dans mes yeux juste une seconde.

— Ivy. Pardonne-moi.

Avant que je ne puisse lui demander ce qu'il veut dire, il me soulève de terre. Confuse, je pense qu'il va me porter, mais mon corps continue de voyager dans les airs, et c'est à ce moment qu'il me lâche.

Alistair me lâche putain par-dessus la rambarde du yacht.

Je tourbillonne dans l'espace noir pendant un moment qui semble durer une éternité.

Je frappe l'eau noire avec un halètement qui manque presque de me noyer. Le froid est choquant, mais rien n'est plus horrifiant que le fait que ce soit Alistair qui m'ait jetée par-dessus bord.

Vous en voulez plus ?

L'HISTOIRE D'IVY ET ALISTAIR CONTINUE DANS LE TOME 4

En tant que lectrice, je n'ai jamais été fan des fins à suspense.

En tant qu'auteure, j'essaie d'éviter les gros cliffhangers parce que je sais à quel point ils peuvent être frustrants. Ce livre ne devait pas se terminer sur un suspense, mais ma muse prend les décisions, et elle a insisté pour que ce soit l'endroit idéal pour conclure le tome 3 — un cliffhanger encore plus important que celui du tome 2. Quelle galère !

Pour cela, je vous présente mes excuses. N'hésitez pas à m'envoyer vos messages de mécontentement.

J'essaierai de sortir le tome 4 aussi vite qu'humainement possible. Je sais déjà ce qui va se passer, il me faut juste mettre les mots sur papier. J'ai hâte, car écrire cette série est tellement amusant.

J'espère que vous rejoindrez Ivy et Alistair dans leurs montagnes russes émotionnelles qui mènent à leur incontournable happy end torride à la fin de la série. Pour l'instant, il semble que le tome 6 sera le dernier livre, mais je ne pourrai en être sûre que lorsque j'y arriverai.

Merci pour vos généreuses critiques de la série jusqu'à présent. Et, surtout, merci de m'accompagner dans cette aventure !

Mistress Blair

>> Commandez le Tome 4, Feels Too Good To Be Bad ici.<<

>> Page de la série : Blood Money Billionaire <<

À propos de Mistress Blair

Blair Butler est le nom de plume romance torride de l'auteure All-Star de Kindle Unlimited et auteure à succès USA Today, JT Lawrence.

Pour être informé des nouvelles publications, suivez-la sur Substack, son site web ou sa page d'auteur sur Amazon :

https://blairbutler.substack.com/
www.jt-lawrence.com
https://shorturl.at/jRXGz

www.ingramcontent.com/pod-product-compliance
Lightning Source LLC
Chambersburg PA
CBHW030529190726
48283CB00006B/1834